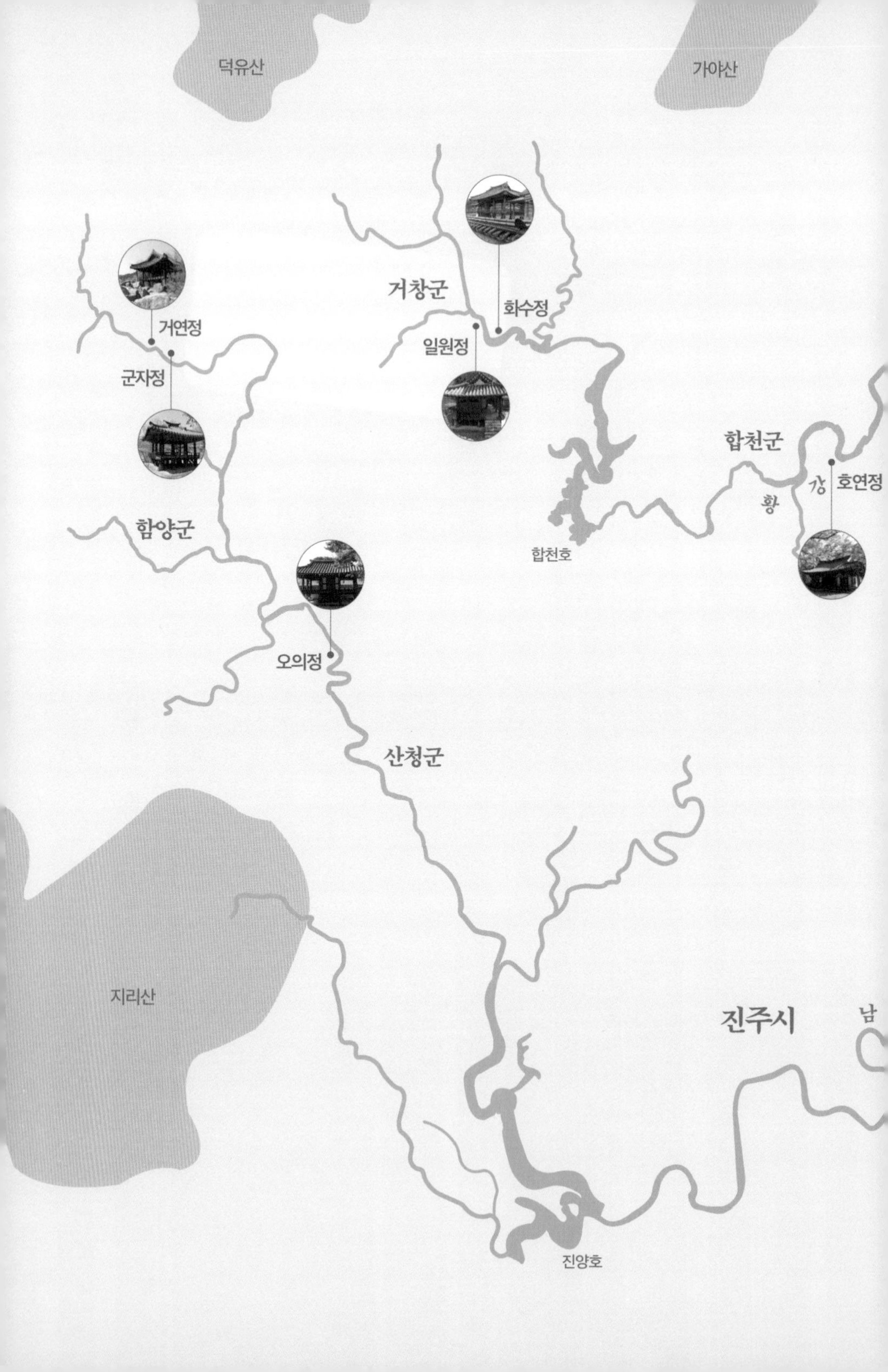

덕유산
가야산
거창군
회수정
일원정
거연정
군자정
합천군
호연정
황
강
함양군
합천호
오의정
산청군
지리산
진주시
남
진양호

낙
동
강
정
우포늪
화왕산
팔락정
밀양시
오우정
의령군
강
광심정
함안군

흐르는 강물 따라

걷다

듣다

느끼다

흐르는 강물 따라
걷다
듣다
느끼다

남도정자기행 2

주재술 지음

『남도정자기행 1』을 출간한 후 친구들이 낙동강의 정취를 누리고 싶다고 나를 다그쳤다. 그래서 일 년에 걸쳐 삼십 년 친구들과 낙동강 종주를 했다. 매월 한 차례씩 십여 명의 친구들을 이끌고 부산에서 태백까지 걸었다. 책에서 다루었던 정자 하나하나를 찾아 마루에도 누워보고, 담 밖에서 바라보기도 하고, 마당을 채운 꽃향기에 취해보기도 하였다. 무더운 한 여름날 달성삼가헌(하엽정) 안주인 어르신이 내어 주셨던 맑은 찻잔의 진한 향기가 지금도 코끝에 맴돈다.

태백산 중턱, 마르지 않는 샘에서 시작한 물길을 따라 정자들이 자리 잡고 있다. 정자는 그 자리를 지켜온 세월만큼 이야기를 품고 있다. 때로는 급하게, 때로는 느릿느릿 실려 내려온 삶의 이야기들이 강가 언덕에 자리한 정자에 가득하다. 어떤 날에는 기와지붕을 타고 내리는 빗물에서 처연함을 보고, 어떤 날에는 마루를 가로지르는 서까래에서 반가움을 선물로 받는다. 마당에 붉게 핀 배롱나무에서 애잔함을, 건물 앞 물가 바위로부터 억눌렀던 욕망을 느낀다. 그 이야기들을 찾아가 본다.

물길 흐르는 언저리에 자리한 정자에는 언제 찾아가도 받을 수 있는 위로가 있다. 그래서 가끔씩 마음 불편한 일상에도 언젠가는 끝이 있으리라는 너른 마음을 가지게 된다. 이것이 태백산맥, 소백산맥 고갯마루에서 시작한 물길을 따라 걷는 이유다. 계곡과 들판을 지나는 물길을 사랑했던 건물을 찾아가는 이유다.

이 책에서는 열 곳의 정자를 다룬다. 낙동강과 그 속으로 흘러드는 남강, 황강을 따라 자리한 정자의 이야기를 담았다. 먼저 광대한 낙동강 물길이 만드는 풍광을 즐기기에 제격인 '오우정', 언제 찾아가도 마음의 위로를 얻을 수 있는 단정하고 소박한 '광심정', 화려하지는 않으나 풍성하고 깊은 이야기를 담고 있는 '팔락정'을 본다. 이어서 담장이 없어 맑은 강물이 조화를 부린 아름다운 풍경을 시원하게 즐길 수 있는 '오의정', 조선 선비들의 학문하는 자세와 군자의 길을 떠올려 보는 '군자정', 자연 속에 자연스럽게 자리 잡은 '거연정'이 남강을 따라 자리하고 있다. 황강에는 일생 서로 의지하고 격려하며 우정과 학문을 나누는 지음의 행복을 생각하게 하는 '황강정', 호연지기를 꿈꾸는 이들이라면 수시로 찾아가고 싶게 만드는 매력을 가진 아름다운 목조 건물 '호연정', 벽체 하나 없이 아름다운 자연 속에 조각품처럼 세워진 '화수정', 조선 성리학의 기틀을 만든 노력을 고스란히 느낄 수 있는 '일원정'이 있다.

각각 다른 봉우리와 계곡을 지나 흘러온 물길이기에 저마다 드러내는 색깔과 향기가 다채롭다. 맑음의 깊이가 다르고 푸름의 두께가 다른 물길이 하나의 강물이 되듯 정자들이 간직한 이야기도 하나로 모여 엮인다. 저마다 다른 장소에 자리한 건물이지만 사람과 사람, 사람과 자연이 어떻게 어울리고, 어떻게 서로 보살피며 살아가는지를 전해준다.

현관문 밖 도로 위에는 하루하루 조금 더 편리하게 살려는 욕망이 가득하다. 오히려 그 욕망이 만들어낸 부산물 때문에 일상이 불편하다. 부귀와 명예를 차지하려는 경쟁이 우리를 옭아매는 듯하다. 사람끼리 서로 부대껴야 영위할 수 있는 것이 일상인데도 살아있으려거든 사람을 멀리하라고 재촉한다. 사람으로부터 멀어진 곳에서 위안을 찾으라 한다.

하지만 사람이기에 사람에게서 오롯이 멀어지기 마냥 쉽지 않다. 조금은 불안하기도 하다. 궁여지책으로 사람 이야기가 가득한 자연으로 걸음을 옮긴다. 수백 년, 수천 년의 시간을 견딘 공간 언저리에서 위안을 찾으려고 나선다.

물길은 바위와 자갈 사이로 숨어들었다가도 다시 위로 솟아나와 부딪히고 부서지고 흩어지기를 무수히 반복하다가 깊은 품을 가진 바다로 흘러든다. 우리 일상도 이와 닮아있기에 오늘도 길을 나선다. 그리고 걷는다. 때로는 친구와 때로는 그림자와 함께.

차례

1 ○ 오백 년 세월 동안 전하는 형제간 우애, 오우정 五友亭

호수 위에 청산이요 청산 위에 누각이라

아름다운 그 이름 오랫동안 강물 함께 흐르네

낙동강은 백두대간 태백산 자락에 솟은 은대봉 중턱에서 시작한다. 일 년 내내 마르지 않는 은대샘에서 출발한 맑은 물은 하늘에 닿을 듯한 문경 새재 고개 너머 넓게 펼쳐진 영남 지방을 적시며 흐른다.

태백산맥 준봉 사이 빼어난 계곡 따라 오백 리를 흐른 낙동강은 경북 안동에 이르러 반변천을 품어 안고, 경북 예천 삼강나루에 이르러서는 은빛 모래 가득한 내성천과 한 몸이 된다. 대구에서는 금호강, 합천에서는 황강, 함안에서는 남강이 낙동강에 흘러든다. 강폭을 한층 넓힌 낙동강은 삼랑진에 이르러서는 마치 호수처럼 멈춰있는 듯 천천히 흐른다.

삼랑三浪은 세 갈래 강물이 하나로 만나 부딪혀 거센 물결이 이는 곳이라는 뜻이다. 이때 세 물결은 맑은 밀양강과 황토빛 낙동강 그리고 부산 쪽 낙동강 하구에서 밀물 때 육지로 밀고 올라오는 짠 내음 가득한 바닷물을 일컫는다. 남쪽의 해양강(낙동강 옛 이름)과 북쪽의 응천(밀양강의 다른 이름) 그리고 서쪽 농소의 물이 흘러와 하나가 되는 곳이라고도 한다.

세 갈래로 일렁이는 물결 따라 자리 잡은 강마을 앞에는 하얀 모래밭이

십 리를 펼쳐있다. 태양은 아침저녁으로 강물을 황금빛으로 물들이고, 강물을 차고 날아오르는 물새들은 자연에 은거하며 학문하는 선비와 함께 강가 평화를 즐긴다. 다음은 삼랑진 일대의 낙동강 풍경을 노래한 「오우팔경」의 일부이다.

세 갈래 평평한 호수
영남루 아래 강물은
흘러내려 낙동강과 하나 되네
도중에 국농호 흘러드니
세 물결 눈 아래 평평하네[1]

십 리 모래밭
이궁대도 사라지고
수산성도 무너졌네
십 리 훤한 모래언덕은
새하얀 비단인 듯 넋을 뺏는다[2]

오산 저녁놀
자라등 너머로 산봉우리 여럿인데
산줄기 하나 강물로 내달리네
석양은 산허리 가로질러
돌아오는 돛단배 환하게 비추누나[3]

낙동강 하구에 강을 가로지르는 둑이 세워진 이래로 아쉽게도 바닷물은 더 이상 강물을 만날 수 없다. 강물 또한 둑에 갇혀 흐르지 못한다. 지척에 마주한 바닷물을 만나고픈 그리움이 쌓인 듯 강 수위는 한껏 높아져 있다. 삼랑진에 이른 낙동강은 밀양강을 껴안고 남해로 흐른다. 오우정五友亭은 이 밀양강과 낙동강이 만나는 삼랑진 나루터 마을 언덕 위에 자리 잡고 있다.

이름으로만 남은 천년 누각

오우정이 있는 자리에는 본래 삼랑루라는 누각이 있었다. 『신증동국여지승람』에도 삼랑루와 주변의 아름다운 절경이 기록되어 있다. 고려 말 큰 승려였던 원감국사◆는 삼랑루의 아름다움에 취해 시 두 수를 남겼다.

호수 위에 청산이요 청산 위에 누각이라
아름다운 그 이름 오랫동안 강물 함께 흐르네
물가 모래밭 가게들 달팽이처럼 늘어서 있고
물결 쫓는 돛단배 익두 춤추는구나
뽕나무밭 연기 짙어 천 리가 저물고
마름과 연꽃은 시들어 강은 온통 가을일세
저녁노을 외로운 따오기는 오히려 진부한 말
일부러 새로이 시를 지어 멋진 여행 기록하네[4]

◆ 충지冲止(1226~1293) 원감국사圓鑑國師. 고려 후기 몽골의 침입과 원나라의 내정간섭이 이어지던 격동기에 혹독한 고난을 겪는 백성들을 지켜보다 못해 스물아홉 나이에 출가했다. 1286년부터 전남 순천 송광사(당시 수선사) 주지를 지냈다. 송광사 감로암 앞마당에는 원감국사비가 이백 년 세월 동안 이끼 가득 품고 서 있다.

지팡이 짚고 오로봉 앞길 돌아
배 타고 삼랑루 아래 물굽이를 지나도
사람에 길든 모래톱 새들 도망도 가지 않고
돛대를 스치고 날아갔다 다시 또 돌아 날아오네[5]

세 갈래 물결이 어우러져 만드는 풍광을 즐기던 공간인 삼랑루는 언제인지도 모르게 사라지고 지금은 흔적이 없다. 산 정상을 지키는 노목 한 그루만이 격랑을 잃어버린 물살을 고요히 바라보고 있다. 나무는 이리 부러지고 저리 꺾이고 군데군데 껍질도 벗겨진 채 평화로운 낙동강을 만끽하고 있다. 서쪽으로 넘어가는 태양은 천년 세월이 지났어도 여전히 낙동강과 밀양강 물결을 황금색으로 물들여 장관을 연출한다.

산마루 누각 터에 올라 벼랑 위로 불어 오르는 강바람을 맞으며 내려다본 물결 위로 우리네 삶이 설핏설핏 일렁거린다. 태백산 높고 깊은 계곡 사이를 격정 가득 품고 달리던 강물은, 예천 삼강나루를 지나며 여러 물살을 동무 삼아 하나 되고부터는 짐짓 여유를 부리며 흐른다. 느릿느릿 흐르는 하류의 강물은 온갖 부유물까지도 마다하지 않고 모두 끌어안는다. 좌우로 흘러드는 실개천까지 모두 품어 안고 잔잔하게 흐르는 물결은 황금빛 석양을 즐기며 바다로 흘러 강물로서 이름을 다하려 한다.

삼랑루가 있던 자리에서 바라본 낙동강

삼랑루가 있던 자리에는 고목 한 그루만이 서 있다.

기왓골을 타고 흐르는 형제간 우애

삼랑루가 있었던 일대에 오우정이 자리하게 된 사연은 욱재勗齋 민구령閔九齡(?~?)에게서 비롯된다. 그는 여흥 민씨 집안 출신으로 조선 중종 때 학자였다. 민구령은 1510년경 이곳 낙동강 기슭에 건물을 한 채 지어 네 명의 동생과 함께 지내고자 했다. 그가 바란 대로 한 지붕 아래에서 사랑채에는 남자 형제들이, 안채에는 그들의 아내들이 도란도란 이야기를 나누는 일상을 보냈다. 화창한 날이면 아들, 손자 삼십여 명을 이끌고 낙동강 백사장에서 보내는 시간이 어찌 평화롭지 않았을까.

오우정의 다섯 형제는 민구령과 민구소, 민구연, 민구주, 그리고 민구서이다. 이들 형제는 몇 차례 주어진 벼슬을 사양하고 이곳 낙동강 변 언덕에서 지내기를 즐겼다. 아름다운 품으로 넉넉하게 안아주는 자연 속에서 형제들이 함께 시간을 보내는 것이 관직을 얻는 것보다 기꺼웠던 것이다. 정자 마루에 올라 담장 너머로 바라본 강나루 건너편 하얀 백사장에는 기러기 날갯짓이 가득했을 듯하다.

청산유수 초야에 기대어 학문을 탐구한 이들 형제는 김종직(1431~1492)과 인연이 닿아 있다. 김종직의 누이가 이들의 할아버지와 혼인하였기에, 이들은 자연스럽게 김종직의 제자가 되었다. 이들 형제는 흐르는 낙동강 물을 바라보며 은거한 덕분에 사화의 회오리에서도 빗겨날 수 있었다. 1498년 무오사화와 1504년 갑자사화 때 김굉필, 김일손, 정여창 등 수많은 김종직의 제자들이 형장의 이슬로 사라졌으나 이들은 무사했다. 눈앞의 화려한 관직을 좇는 삶을 버리고 일상의 도리를 다하려고 강가에 머문 삶이 안겨준 선물이었다.

이 건물이 오우정이라 불리게 된 사연으로 전해지는 이야기는 이러하다. 경상도관찰사로 있던 임호신◆이 1547년 어느 날 이곳을 방문하였다. 그가 불시에 낙동강 가 시골 마을을 찾은 이유는 소문으로만 듣던 이들 형제간의 남다른 우애를 직접 확인하고 싶은 마음 때문이었다. 임호신은 형, 아우, 며느리, 아이들 수십 명이 강가에 기댄 한 지붕 아래 웃음 가득 나누며 살아가는 모습을 몸소 확인하였다. 형제간 우애를 직접 눈으로 본 그는 오우정이라는 현판을 손수 써서 걸었다.

후손들은 1563년에 다섯 형제의 효와 덕을 기리기 위하여 오우정 경내에 오우사와 삼강사비三江祠碑를 세웠다. 그러나 안타깝게도 임진왜란 당시 이 일대 모든 건물이 불타 없어졌다. 그 후 수십 년이 지난 1675년경 오우정을 다시 세웠으나 약 200년 뒤 1868년 서원과 정자는 모두 훼철되었다. 오늘까지 전해지는 오우정은 1897년 삼강서원 옛터에다 다시 옮겨 세운 건물이다.

다섯 형제의 시문과 행장, 오우정 상량문 등은 전쟁으로 대부분 사라져 버렸다. 민구연의 10대손인 민치홍(1859~1919)이 가까스로 남은 글을 모아 1874년 『오우선생실기』로 엮어 간행하였다. 오우실기 목판 37매는 현재 밀양시립박물관에서 보존하고 있다.

◆ 임호신任虎臣(1506~1556) 형조판서를 지냈으며 동생 임보신(?~1558)과 함께 조선시대 형제 청백리로도 유명하다.

오우정 일원

정자 마루 위에는 낙동강이 가득하고

오우정은 매봉산 자락에 기대어 서 있다. 경사진 언덕 위에 세워진 오우정은 3단으로 쌓은 석축 위에 자리하고 있는데 각각의 기단이 사람 키보다 커서 가장 아랫단 마당에서 올려다 보면 건물 지붕만 겨우 보인다. 단정하게 놓여 있는 돌계단을 사십 개 넘게 딛고 오르면 건물 안으로 들어설 수 있다. 가지런한 돌계단을 한 칸 한 칸 오르는 동안에는 복잡했던 마음이 정돈된다.

대문은 사람 한 명이 겨우 드나들 정도로 좁다. 대문을 밀어 열고 마당 안으로 들어서니 눈앞에 균형이 잘 잡힌 정면 5칸 크기의 팔작지붕 건물이 있다. 남동쪽으로 살짝 틀어서 세워져 있는 건물은 낙동강 건너 무척산을 정면으로 바라본다. 마당에서 건물을 올려다보면 삼강서원三江書院이라고 쓰인 현판이 선명하게 보인다. 이 현판은 오우정 현판과 마루 앞뒤로 나란히 걸려있다. 한 건물 지붕 아래 다른 이름의 현판이 두 개 걸려있는 이유는 오우정이 불타 없어진 자리에 서원을 다시 세웠기 때문이다.

두 칸짜리 마루를 사이에 두고 서편에 방이 한 칸, 동편에 방이 두 칸 마련되어 있다. 방과 마루 앞으로는 툇마루를 깔아두었다. 좌우 각 방 이마에는 현판이 하나씩 걸려있는데 서편 방에는 압구정狎鷗亭, 동편 방에는 효우천지孝友天至라는 현판이 걸려 있다. 마루 위에서 담장 밖으로 시선을 던지면 낙동강 백사장을 여유롭게 즐기는 갈매기 떼와 친하게 지내기에 더없이 좋은 곳이요, 방안으로 시선을 돌리면 하늘에 닿을 정도로 지극한 효와 우애를 생각하게 만드는 공간임을 알려준다.

건물을 지탱하는 기둥은 매끈하여 잘 다듬어진 주춧돌 위에 반듯하게 서 있다. 반면 마루에서 좌우 방으로 들어가는 문 위를 가로지르는 목재는 자라면서 굽은 모양 그대로다. 일부러 반듯하게 다듬지 않은 목재는 자연스럽게 방문 위를 장식하는 효과가 있다.

마루 위 뒷마당 쪽 판벽에는 오우정 현판이 걸려 있다. 동편 방문 위에는 상우당象友堂이라는 현판도 걸려 있다. 상우당이라는 글씨를 가만히 올려다보면 글자의 모양새가 우애 있게 어울려 살아가는 형제들을 그린듯하다.

너른 마루 위에는 「오우정중건기」와 정자 일대 풍광을 노래한 시판이 빼곡하게 걸려있다. 삼랑진 일대는 낙동강 하류에서도 풍광이 가장 빼어난 곳이기에 수많은 사람이 정자와 아름다운 주변 강 풍경을 노래한 정취 가득한 시를 남겼다.

다섯 학자 이야기는 누각에 전하고
높은 이름 사라지지 않고 큰 강물 되어 흐르네
할미새 노랫소리 멀리 퍼져 맑은 시로 전하고
형제간의 우애는 백발까지 이어졌네
온 세상 선비들이 예를 다하여
정성되이 모시기를 몇 해이던가
살아있는 듯 생생함을 느껴보고자
정자에 올라 여유로운 한때 즐겨보리라6

강을 가로지른 거대한 교량 따라 사람들도 떠나가고

오우정 마루에 서서 남쪽으로 낙동강을 바라보면 얕은 담장 너머로 펼쳐진 강마을 풍경이 아름답다. 다만 강을 가로질러 놓여 있는 거대한 현대식 다리가 시야에 거슬린다. 이런 다리가 하나도 없었을 사오백 년 전 강가 마을은 절경이었음이 틀림없다.

삼랑진에서 2km 남짓한 거리 안에는 다양한 교통수단을 건네주는 교량이 잇달아 세워져 있다. 먼저 대구부산고속도로를 건네주는 낙동대교, 밀양과 김해를 잇는 58번 국도를 건네주는 삼랑진교가 있다. 1905년에는 경전선 기차가 삼랑진에서 광주 송정역까지 달리기 위한 낙동강 철교가 세워졌다. 이 교량은 일제가 경남지방을 수탈하기 위하여 만든 다리였다. 세운 지 100년이 넘은 이 철교는 현재 체험 관광지로 간신히 명맥을 이어가고 있다. 그 옆으로는 작은 자동차 한 대 겨우 다닐 수 있는 구 삼랑진교가 있으며, 최근에는 경남 창원으로 가는 고속열차가 다닐 수 있는 낙동강 철교까지 새로 세워졌다.

가장 최근에 만든 철교는 규모도 크거니와 오우정 바로 앞에서 낙동강을 가로질러 건너간다. 사람들을 강 건너로 빠르게 실어 나르는 이 철교는 그 옛날 고려시대 삼랑루에서 청산유수를 노래하던 운치를 감상해 보려는 데에는 그리 도움이 안 된다. 고속열차가 시시때때로 요란한 소리를 내며 쏜살같이 강을 건너는 광경을 보면 편리함에 쫓기는 우리네 삶을 보여주는 듯하다. 고속열차에 올라 질주하는 삶에서 성취감을 느낄지는 모르겠으나, 느린 걸음으로 만나는 풀 향기 가득한 녹색 내음과 바람결에 전해지는 새소리는 놓치고 마는 것이다. 고속열차의 빠른 속도에 강가 초야에서 간직하고 보듬고자 했던 일상의 가치는 속절없이 묻혀버린다.

근 백 년 전까지도 낙동강과 밀양강을 따라 이 일대 수 킬로미터에 걸쳐 마을이 번성하였다. 너른 들판을 끼고 흐르는 강가에는 나루들이 줄지어 늘어서 있었다. 오우진(뒷기미)나루, 삼랑(진)나루, 조창(창암)나루 등이 그것이다. 나루터 마을에는 사람들의 이야기 소리도 왁자지껄 쟁쟁했을 듯하다. 1905년 일제가 경부선 철도를 깔면서 이 일대 삶도 바뀌었다. 생활의 중심이 철도역이 지어진 지금의 삼랑진읍으로 옮겨 간 것이다. 나루터를 아우르며 북적이던 삶의 모습은 그렇게 모두 사라졌다. 지금은 강가에 몇 척의 작은 배들만이 쓸쓸함과 아쉬움을 머금고 풀숲에 기대어 있다.

하나 된 물길 따라 물산도 모여들고

삼랑진은 낙동강 유역에서 규모도 가장 크고 비옥한 김해평야에서 한양으로 가는 관문이었기에 물류의 중심지였다. 지금도 서울에서 대전, 대구를 거친 고속열차가 경남 지역으로 가기 위해 이곳 삼랑진에서 방향을 돌린다.

조선 후기에는 경상도 삼조창◆ 중 하나인 삼랑창이 삼랑진에 있었다. 삼랑창은 삼조창 중에서 가장 뒤쪽에 있었기에 후조창이라고도 했다. 조

◆ 창원 마산창, 진주 가산창, 밀양 삼랑창

오우정 아래 강가 나루터

선시대에는 세금을 곡식이나 물품으로 거두었고, 이를 배가 주로 운반했다. 김정호(1804~1866)의 『대동지지』 등에 따르면 근처 예닐곱 고을로부터 모은 세곡을 이곳 삼랑창에서 실어 보냈다고 한다.

현재 오우정 일대에서 삼랑창을 찾아볼 수는 없다. 대신 강가 언덕에 줄지어 서 있는 비석이 그날의 기억을 우리에게 전해주고 있다. 오우정에서 북동쪽으로 마을 안길을 100m 남짓 걸어가면 밀양 삼랑진 후조창 유지 비석군을 만날 수 있다. 마을 뒤 산등성이에 바짝 붙어 작은 바위 앞에 나란히 서 있는 비는 여덟 개로, 세워진 시기뿐만 아니라 크기와 모양도 제각각이다. 가운데 두 개는 철로 만들었고 나머지 여섯 개는 화강암으로 만들었는데 밀양부사와 관찰사를 기리는 비이다.

1766년부터 1872년까지 백 년의 시간을 두고 세워진 지방 고을 수령들의 공덕비 사이로 낙동강에 기대어 살았던 이들의 삶이 아른거린다. 땀에 젖은 두건 이마에 두르고 바짓가랑이에는 황토 묻혀가며 힘들여 살아야 했던 그들이 기꺼운 마음으로 이 비석들을 세웠을까? 세도정치가 기승을 부렸던 조선 후기, 백성들이 주린 배 참아가며 비지땀 흘려 가꾼 곡식들은 나라 곳간 채우려 세곡선에 실려 삼랑진 나루를 떠나갔다. 낙동강 물을 따라 멀어져가는 세곡선 위에 누런 곡식 가마니만 실려 있었던 것은 아니었으리라. 봄날 황소 앞세워 쟁기질하고, 장마철 홍수에 노심초사 온 가족이 지켜내어, 푸른 가을 하늘 아래 흥겨운 가락에 얹어 수확한 그들의 옹골찬 삶까지도 갑판 위에 가득 실려갔다. 떠나가는 배꼬리에 갈라지는 물결은 강가 나루터 모래 언덕에 철썩 부딪힌다. 어느새 강물은 벌써 차가워져 남쪽으로 구포를 지나 웅어잡이 떠나는 어부의 옷섶을 여미게 한다.

찾아가는 길

- **소재지** 경상남도 밀양시 삼랑진읍 삼랑1길 32-9 (삼랑리 631-3)
- **문화재 지정** 오우실기 | 경상남도 유형문화재 제305호 (1995년 5월 2일)
  삼강사비 | 경상남도 유형문화재 제306호 (1995년 5월 2일)
  밀양 삼랑진 후조창 유지 비석군 | 경상남도 문화재자료 제393호 (2006년 1월 12일)

오우정은 중앙고속도로 삼랑진 나들목에서 4km 남짓 떨어진 곳에 있다. 고속도로 삼랑진 나들목 앞 삼랑진 나들목 삼거리에서 좌회전한다. 58번 국도를 따라 1km 정도 가면 송지사거리가 나온다. 지금도 매월 4일, 9일이면 삼랑진 송지 오일장이 열리는 곳이다. 송지장은 밀양 수산장과 더불어 한 때 밀양 지역에서 가장 규모가 큰 장 중 하나였다. 「오우팔경」에 삼랑진 송지장 풍경을 노래하는 시도 있다.

세 고을 경계 소나무 푸른 곳에
여느 시장 하나 큰 이름 났네
강 양편 나루들은 큰길로 이어져
북적이는 사람들로 가득하구나[7]

송지사거리에서 우회전하여 1km 남짓 가면 낙동강역 터가 나온다. 낙동강역은 1905년 경전선이 만들어지면서 1906년 12월 12일 처음 문을 열었다. 낙동강역은 2010년 12월 11일 완전히 없어지기까지 100년이 넘도록 한 자리를 지켰다. 현재 역사터에는 작은 기념 조형물이 하나 세워져 있다. 이곳에서 서쪽으로 1.5km 떨어진 곳에 오우정이 있다.

조선시대에도 물류의 중심지였던 삼랑진에 자리 잡은 오우정을 찾아가는 길은 지금도 불편하지 않다. 오우정은 기차를 이용해서도 쉽게 갈 수 있다. 경부선 삼랑진역에서 3km 내외 거리에 있다.

2

호수 같은 낙동강 물 따라 넉넉해지는 마음, 광심정 廣心亭

안개 낀 십 리 모래밭 아득한 포구

산자락 운무는 텅 빈 물속 가득하네

남해 푸른 바다를 굽어보는 광려산(경남 창원)에서 시작한 가느다란 물줄기 하나가 육지 내음이 그리웠는지 북으로 내달린다. 그렇게 근 팔십 리를 흐른 광려천은 황토 내음 가득 품은 낙동강을 만난다. 반도 끝자락에 올망졸망 흩뿌려져 있는 수십 개 산을 요리조리 헤치며 흐른 물길이 낙동강 품으로 안겨드는 포구 동편에는 어시미산이 찰랑찰랑 물결을 즐겁게 바라보고 있다.

함안 광심정咸安 廣心亭은 낙동강 물이 어시미산 북쪽 산자락을 깎아 만든 절벽 위에 자리 잡고 있다. 낙동강을 바라보며 서 있는 기와 건물은 마치 산자락에 날개 펴고 내려앉은 산새 같다. 정자 아래 강물은 바쁜 것이 뭐 있겠느냐며 쉬어가는 듯 흐른다. 낙동강 건너 북쪽으로는 신선봉(경남 창녕)이 정면으로 보인다.

영남 지역만 살펴보아도 이천 곳 넘는 정자가 있다. 건물 규모로 보나 건축의 화려함으로 보나 광심정이 결코 두드러지는 곳은 아니다. 정자 주위에 기암절벽이 병풍처럼 둘러 있는 것도 아니고, 수백 년 세월을 견딘 낙락장송이 즐비하지도 않다. 흔하디흔한 강가 풍경 속에 소박한 건물을 하나 세웠을 따름이다. 그러나 광심정은 평범한 자연이 보여주는 아름다움을 한층 더 빛나게 한다.

광심정은 주변 자연을 한 치도 흩트리지 않고 그 속에 겸손하게 자리 잡고 있다. 광심정에서는 낙동강이 수천 년 흐르며 만든 장대한 풍광을 있는 그대로 즐기려는 마음이 느껴진다. 자연과 어우러져 살려면 건축물을 어디에 어떻게 세워야 하는지 그 길을 보여준다. 발전과 개발에만 매몰되어 있는 오늘날에 울림을 주는 모습이다.

학문을 닦는 태도는 한결같아야 한다

광심정은 용성 송씨 문중이 젊은이들의 교육 공간으로 활용하기 위해 1569년 세운 건물이다. 이 건물은 세워지고 약 100년이 지난 뒤에야 광심정이라는 이름을 가지게 되었다. 1664년 조선 현종 때 광심廣心 송지일宋知逸(1620~1675)이 자신의 호를 따라 이 건물을 광심정이라 부른 것이다. 그는 이곳을 지역 선비들과 더불어 학문하는 공간으로 활용하였다.

송지일은 여덟 아들 중 다섯째로 태어났으며 성품이 맑고 학문 연구에 일생 전념한 것으로 알려져 있다. 그는 벼슬길에 나설 마음일랑 애초에 버리고 이곳에 은거하며 학문 닦기만을 즐겼다. 그래서일까, 강물에 바짝 붙어 서 있는 건물도 봉촌마을에서 고개 너머 산자락을 등지고 마을에서 벗어나 홀로 서 있다. 세상 욕망을 좇는 일에는 관심 없는 듯 말없이 고요한 강물만 바라보는 모습이다.

송지일은 자녀와 조카들을 가르칠 때 글 읽기를 급하게 하지 않도록 경계시켰다. 이런 태도는 절벽 아래로 유유자적 흐르는 강 물결을 보고 배운 것일지도 모른다. 그는 삭풍이 불어오든 태풍이 몰려오든 사계절 늘 그렇게 흐르는 강물처럼, 학문을 닦는 태도 역시 한결같아야 한다고 가르쳤다. 또한, 과거 시험에 합격하기 위한 공부보다는 몸과 마음을 구하는 공부에 힘쓰기를 강조하였다. 이와 같은 태도는 조긍섭(1873~1933)이 쓴 송지일의 묘지명을 보고도 알 수 있다. 송지일의 묘는 광심정 뒷산 고개 너머 내봉촌 마을에 있다.

송지일이 쓴 글과 서적은 안타깝게도 화재로 인해 소실되어 지금은 거의 전해지지 않는다. 광심정 역시 임진왜란 때 파손되어 여러 번 고쳐 지었으며, 지금 건물은 1949년경에 다시 고쳐 세운 것이다.

산자락에 튼 산새 둥지 닮은 건물, 광심정

광심정은 경사진 구릉에 2단으로 쌓은 돌 축대 위에 앉아 있다. 강가 절벽 위 산자락에 기대어 북쪽 강물을 바라본다. 수천 년 강물이 흐르며 깎아 놓은 절벽 위에 산새 한 마리가 아담하게 둥지를 튼 듯한 모습이다.

대문은 자연석, 흙, 기와 등을 쌓아 올린 동쪽 담장 가운데에 있다. 자연 그대로의 구릉에 만들어진 열 개의 돌계단을 딛고 올라가면 건물 안으로 들어갈 수 있는 대문이 있다. 대문채는 처음에는 정면 3칸 규모로, 가운데 대문을 두고 양옆에 온돌방을 배치했었다. 지금은 정면 1칸 크기의 홑처마 맞배지붕 건물이다.

광심정은 본채와 대문채, 본채 앞에 넓게 펼쳐있는 앞마당, 그리고 본채와 적당한 거리를 두고 있는 뒷마당으로 이루어져 있다. 담장이 사방을 빙 둘러 정자를 감싸고 있지만 전방의 낙동강 주변 절경 감상을 전혀 방해하지 않으며, 후방으로도 산자락에 우거진 초목을 감상할 수 있도록 세워져 있다. 담장은 건물 좌우로는 서너 걸음, 건물 앞쪽으로는 멀찍이 떨어져 있어서 앞마당이 정자 마루보다 스무 배나 넓다.

본채는 정면과 옆면이 각각 2칸인 홑처마 팔작지붕 건물이다. 경사진 땅을 그대로 이용하여, 건물을 오른편에서 바라보면 전면부와 후면부가 서로 다른 높이의 기단 위에 서 있는 모습이 인상적이다. 마루가 깔린 앞쪽 칸보다 방으로 만들어져 있는 뒤쪽 칸이 조금 더 높은 단 위에 있다. 자연 그대로의 언덕을 최대한 살려서 건물을 지으려고 한 주인의 마음이 고스란히 전해진다.

앞마당에서 완만한 경사를 따라 정자에 오르는 중앙에는 자연석으로 돌계단을 만들어 두었다. 단정한 돌계단을 가운데 두고 두 개의 단을 쌓아 평평하게 다져두었다. 아래 단은 마당에서 네 개의 계단 위에 있고 위의 단은 다시 다섯 개의 계단 위에 있다. 그리하여 건물 앞을 구성하는 기단과 돌계단은 심심할 뻔한 마당에 입체감을 불어넣어 준다. 덕분에 앞마당 끝에서 건물을 바라볼 때와 정자 마루에서 강물 쪽을 내려다볼 때 확연히 다른 풍경을 즐길 수 있다.

경사진 구릉을 그대로 살려서 단정한 돌계단을 가운데 두고
두 개의 단을 쌓아 평평하게 다져 그 위에 지은 광심정

푸른 강물 위에 살며시 비껴 앉아 학문을 연마하는 곳

광심정 본채 건물은 탁 트인 마루를 전면에 두고 마루 뒤쪽에 방을 두었다. 방과 마루 사이의 벽체는 창문처럼 살을 세우고 벽지를 발랐다. 방으로 드나드는 문은 왼편에 있으며 오른편에는 작은 쌍여닫이문을 만들어 두어 방 안에 앉아서도 마당 건너 강 위로 내리는 봄비와 흰 눈을 감상할 수 있다. 마루 양옆에는 밖으로 밀어 여는 쪽문을 달았다. 문을 열면 왼편으로는 푸른 대나무 숲이 반겨주고 오른편으로는 민가가 있는 마을이 정겹게 다가온다.

건물 앞면에 서 있는 기둥들은 둥근 모양이며, 뒷면 기둥들은 각진 모양이다. 이는 천원지방天圓地方의 세계관을 구현한 것으로, 둥근 기둥은 우주를 의미하고 사각기둥은 인간 세상을 의미한다. 소나무, 참나무 등 기둥을 세우는 데 사용된 나무 종류도 다양하다.

건물을 돌아 뒷마당으로 가면 서쪽 방 뒷면에 불쑥 튀어나온 벽장 하나를 볼 수 있다. 산자락 구릉의 아름다움을 조금이라도 덜 훼손하려고 건물을 작게 지어서 생긴 공간 부족 문제를 해결하는 묘안이다.

본채 건물 뒤편에는 빗물이 흘러가도록 자연석을 사용하여 수로를 만들었다. 경사진 산비탈을 타고 흐르는 빗물이 건물을 덮치지 않고 도랑을 따라 낙동강으로 흘러들 수 있게 했다. 여름철 빗물로부터 건물을 보호해 줄 뿐 아니라 구릉을 타고 내려오는 빗물이 집 안에서 작은 개울이 되어 졸졸 흐르는 운치를 즐길 수 있게 한다.

건물 오른편 아래에는 아궁이처럼 보이는 구멍이 하나 있는데, 불을 지피던 아궁이는 아닌 것 같아서 그 쓰임새가 자못 궁금하다. 혹시 여름날 어시미산을 타고 내려오는 빗물이 자연스럽게 건물 밑을 지나 낙동강으로 흘러들게 만든 옛사람의 지혜는 아니었을까 생각해 본다. 물 위에 떠 있는 정자 마루에서 유유히 흐르는 낙동강을 바라보는 정취라니, 그 낭만을 어찌 닮을 수 있을까.

광심정이 주는 선물 중에는 마루에 걸터앉아 절벽 아래로 흐르는 낙동강을 바라보는 재미도 있다. 마당을 둘러보니 나무 한 그루, 화초 한 포기 심겨 있지 않아서 담장 안 어디에서든 강물을 감상하는 시야는 전혀 방해받지 않는다. 강변 산자락 야트막한 기와 담장 안에는 작은 건물 하나만 달랑 세워져 있다. 마루 위에서 보면 눈앞에 펼쳐진 호수같이 너른 낙동강을 감상하는 마음만 오롯이 담으려는 의도가 느껴진다.

저만치 아래에서 흐르는 낙동강 강물은 절벽 위에 있는 광심정의 자태에 매혹되어 잠시 흐르기를 멈추었다가 다시 흐르는 듯하다. 눈을 들어 보니 강 건너 하내마을과 그 뒤 신선봉도 광심정 마루 위에 올라앉으려 달려오는 듯하다. 정자 앞마당을 우아하게 둘러싸고 있는 기와 담장이 부드러운 손짓으로 그들을 집 안으로 불러들인다.

담장 안을 한 바퀴 돌아 사람 한 명 겨우 드나들 너비의 대문을 열고 나와 강가에서 건물을 올려다본다. 크고 작은 자연석을 이용하여 6층으로 축대를 쌓고 그 위에 흙 돌담을 둘러놓았다. 담장 안에서는 어떤 거슬림도 없이 낙동강 풍경을 즐길 수 있지만 사람과 우마가 다니는 길에서는 담장 위를 아무리 올려다보아도 건물 지붕에 얹혀있는 기와 한 장 보이지 않는다. 유유히 흐르는 강물을 벗 삼아 소박한 마음으로 학문을 닦으려는 일상을

옆에서 본 광심정, 마루가 깔린 앞쪽 칸보다 방으로 만들어져 있는 뒤쪽 칸이 조금 더 높은 단 위에 있다.

서쪽 방 뒷면에는 벽장이 하나 불쑥 튀어나와 있다. 산자락 구릉의 아름다움을 조금이라도 덜 훼손하려고 건물을 작게 지어서 생긴 공간 부족 문제를 해결하는 묘안이다.

누구에게도 방해받고 싶지 않아 한 건물 주인의 마음이 그려진다.

그래서일까, 일 년에도 대여섯 번씩 이곳 광심정을 찾게 된다. 마루 위에 걸터앉을 때마다 벼슬에 뜻을 두지 않고 학문만을 즐겼던 사람의 진한 향기를 느끼고는 한다. 지붕 위 기왓골을 타고 내려와 처마 끝에서 똑, 똑 떨어지는 빗소리는 낙동강으로 흘러드는 노랫가락이다. 불어오는 바람에 뒹구는 갈색 낙엽 소리는 학문 연마의 첫걸음을 내딛는 아이들이 재잘거리는 음악이었으리라.

지금은 흐르는 강을 거슬러 광심정에서부터 700미터 떨어진 거리에 낙동강을 가로지르는 창녕함안보가 세워져 있다. 사람의 욕심으로 세워진 구조물이 광심정 앞마당에서 감상하는 시원한 낙동강 풍경을 방해하는 것 같아서 조금은 아쉬운 마음이다. 정자 서쪽 산자락에 빼곡하게 숲을 이루고 있는 푸른 대나무들이 멋없이 웅장한 구조물을 가려주고 있어 그나마 다행이다.

강가 구릉 위를 수놓은 아름다운 기와 담장

광심정 일대를 둘러싸고 있는 담장은 건물이 주변 자연과 어우러지도록 한 예술 작품이다. 높지도 않고 낮지도 않은 담장이 정자 밖과 안을 가지런하게 바느질하듯 연결한다. 담장은 정자 밖에서 안을 바라보는 즐거움을 방해하지 않으며, 정자 안에서 담장 밖 풍경을 즐기는 기쁨도 훼손하지 않는다. 딱 그만큼의 높이로, 딱 그만큼의 거리를 두고 둘러서 있다. 마루 위에 올라서든, 마당으로 내려서든, 앞을 흐르는 강물과 뒤를 둘러싼 푸른 산을 마음껏 즐기도록 시선을 이끌어 준다.

담장은 다양한 모양의 크고 작은 자연석을 있는 그대로 이용하여 쌓았다. 기와로 상층부를 마무리한 담장은 앞뒤 좌우가 제각각 다른 형태를 띠고 있다. 앞쪽 담장은 흐르는 강물이 만들어 놓은 절벽과 하나가 되려는 듯 우아하고 완만한 곡선 모양이다. 이렇게 담장이 밖으로 볼록한 곡선을 그리고 있어 앞마당이 더욱 넓어 보인다. 뒤쪽 담장은 깔끔한 직선으로, 밖에서도 팔작지붕의 우아한 선을 감상할 수 있도록 높이를 적당히 낮추었다.

건물 출입문이 있는 동편 담장은 단정한 직선과 연이은 계단이 아름다운 조화를 이루고 있다. 완만하게 경사진 구릉을 그대로 살려두고 자연석으로 높이를 맞춘 후 출입문 양옆으로 반듯한 선을 그리며 담장을 둘렀다. 본채 건물 옆면이 끝나는 데서부터는 마치 담장 위를 딛고 걸어가라는 듯 여섯 개의 계단 층이 만들어져 있다.

건물의 서편을 감싸고 있는 담장은 강가 절벽 쪽에서부터 산 쪽으로 다양한 길이와 높이의 계단으로 만들어져 있다. 길었다가 짧았다 또 길었다 하며 여덟 개의 층을 이루고 있는 담장은 자연 그대로의 구릉과 어울리는 모양새로 전혀 손색이 없다.

계단처럼 경사진 구릉을 감싸고 있는 광심정의 담장

자연을 만끽한 사람의 향기는 한 편의 시로 남아 있고

강물을 등지고 앞마당에서 고개를 들면 광심정 현판이 눈에 들어온다. 현판은 마루의 가운데 기둥 왼편에 걸려 있는데, 시원시원하게 쓰인 세 글자는 보면 볼수록 누군가 정자 마루 기둥에 기대어 자연을 즐기는 모습을 닮았다. 정자 마루에 두 다리 뻗고 비스듬히 앉아 담장 너머 강물을 바라보며 나룻배 저어 오는 동무를 기다리는 모습 같기도 하다.

용성 송씨 문중은 벽진 이씨 문중의 학자들과 가깝게 어울렸다. 벽진 이씨 세거지는 창녕 하내마을인데, 광심정에서 낙동강 건너 북쪽 정면에 있다. 정자 아래 거정나루에서 나룻배를 내어 여유로운 노 젓기로 푸른 강물을 가로지르면 금세 찾아갈 수 있는 거리이다. 푸른 물과 푸른 하늘 사이를 나는 기러기 떼를 벗 삼아 시원한 강바람 맞으며 학문을 논하러 오가는 것이 일상이었을 것이다. 그 시간은 낙동강 변에 펼쳐진 자연만큼이나 평화롭고 정겨웠을 듯하다. 광심정 마루 위에 빼곡하게 걸려 있는 시판들이 당시의 모습을 생생하게 전해준다.

광심정 전면 마루 위 이마에는 3면을 둘러 여덟 개의 시판이 나란히 걸려 있다. 정자 마루 서편 가장 안쪽에는 이속(1606~1665)이 1656년 여름에 쓴 시가 걸려 있다. 광심정 풍광을 즐기고자 도처에서 찾아오던 많은 학자가 차운한 시다.

낙동강 남쪽 물가 작은 언덕에
그대 새집 지어 자연을 즐기려는 뜻 알겠네
백구는 나를 따라 석양을 유혹하고
달빛은 물결 맞아 오랜 근심 씻어주네
안개 낀 십 리 모래밭 아득한 포구
산자락 운무는 텅 빈 물속 가득하네
옛 가르침 좇아 넓은 마음 구하고자
강 물결 바라보며 함께 흘러가리라[8]

가운데 기둥 왼편에 걸려 있는 「광심정기」는 송지일의 부탁으로 그의 친구인 곽세건(1618~1686)이 1664년 봄에 쓴 것이다. 여기에는 광심정의 내력과 운치, 그리고 정자 주인의 품성이 담겨 있다. 기문 끝에는 시 한 수를 지어 건물 일대의 풍광을 노래하는데, 앞서 이속이 쓴 시를 차운하여 지은 것이다.

이곳저곳 정처 없이 떠돌아다니다가
속세 욕심 잊고서 자연과 함께 즐기네
산과 물 하나 되니 맑은 기운 솟아나고
정자 위에 오르니 금세 근심 사라지네
주인장은 이미 그윽한 곳 정자 있으니
길 가는 시문객은 더욱더 부끄럽네
고요한 물가에 조용히 거처하니
그대 풍류 격조를 누가 과연 이기리오[9]

송지일이 쓴 시는 동쪽 편에 걸려 있다. 이 시 역시 이속이 쓴 시를 차운하였다. 주인이 자신의 거처를 찾은 손님이 쓴 시를 차운하여 쓴 꼴인데,

송지일이 이 건물을 광심정이라고 부르기 전에 이미 이속이 건물 일대의 아름다움을 노래하는 시를 지었기 때문이다. 이를 통해서도 두 사람의 우정이 얼마나 돈독하고 서로를 얼마나 존경했는지 알 수 있다.

조그마한 정자 하나 푸른 물결 위에 지어
한가한 사람들과 즐겁게 지내리
때로는 낚시하며 세상 근심 지워내고
때로는 시를 지어 시름 달래네
모래 언덕엔 물안개 산마루엔 구름이
추녀 끝엔 바람이 강 배엔 달빛 가득하네
세상 근심 지우니 정취 많아지고
하루 종일 흐르는 강물만 바라볼 뿐[10]

평범한 강가 마을 산자락 끝에 작은 건물 하나 얹은 이를 기리는 시가 수백 년이 흐른 지금도 이어지고 있다. 이는 지금도 여전히 정자 마루 위에 아름다운 자연이 가득하기 때문일 것이다. 아래의 시는 면면히 내려오는 지역 선비들의 글과 마음을 잊지 않고 전통을 이어가는 경남 창녕의 한 유학자가 썼다.

거정산 기슭 낙동강 언저리에
광심공의 아름다운 이름 강물과 함께 흐르네
선생 살았을 적 일들을 생각하니
은거하며 의를 행하여 세상 근심 멀리하셨네[11]

낙동강 절경 찾아 정착한 외동마을

광심정을 세운 용성 송씨 문중이 경남 창녕 길곡면 오호리 외동마을에 정착한 것은 조선 연산군 무렵이다. 경상도관찰사를 지낸 용성 송씨 시조 송엄경이 낙동강 일대를 순시하던 중 이 일대의 빼어난 풍광에 매료된 적이 있다. 이에 송씨 문중은 이곳을 삶의 터전으로 삼기로 정하였다.

외동마을은 석천산이 낙동강으로 다가온 끝자락에 있다. 동편으로는 뒷각산이 포근히 둘러싸고 있다. 마을은 광심정에서 낙동강 건너 북서쪽으로 5km 남짓 떨어져 있다. 그래서 대문을 열고 나와 강가 모래밭 덕촌나루나 멸포나루에 쉬고 있는 배 한 척에 몸을 얹어 낙동강을 노 저어 건너면 지척으로 닿을 수 있다.

외동마을에는 오호서당이 남아 있다. 마을에서 뒤쪽으로 물러나 산기슭에 기대어 있는데, 정남향에서 서쪽으로 살짝 방향을 틀어 앉았다. 마을 앞을 흐르는 낙동강을 정면으로 바라보고 싶은 모양이다.

오호서당은 정면 5칸, 옆면 2칸 규모의 겹처마 팔작지붕 건물이다. 건물 서편에 두 칸짜리 방, 동편에는 한 칸짜리 방이 있으며 그 사이에 두 칸짜리 마루가 있다. 건물 전면에는 오호서당이라고 적힌 현판이 걸려 있다.

서당 앞에는 비교적 너른 마당이 펼쳐있고, 마당 양옆으로는 오랜 배롱나무가 각각 한 그루씩 자리하고 있다. 오호서당으로 들어서는 대문 안쪽 빗장에는 거북이 한 마리가 새겨져 있는데 오랜 세월 이 문을 드나든 학문의 흔적을 홀로 기억하는 듯하다.

오호리의 원래 이름은 오가리五佳里였다. '다섯 가지 아름다움이 있는 마을'이라는 의미인데, 다섯 가지 아름다움은 다름 아닌 낙동강으로 흘러드는 물길이 만든 작은 늪과 연못들이다. 지금은 마을 앞 들판이 농경지로 가꾸어져 있지만, 과거 제방이 없었던 시절에는 모두 늪지대였다고 한다. 지금은 늪이 있었던 흔적만 남아 있다. 어떤 이들은 마을을 감싸고 있는 아담한 산세와 마을 주위의 대나무 숲, 그 사이를 흐르는 낙동강 물길이 만드는 풍광과 기름진 땅에서 일구는 풍족한 농산물, 그리고 그것으로 만든 시원한 동치미 맛이 다섯 가지 아름다움이라고도 한다.

다섯 가지 아름다움이 무엇을 가리키든 강물과 산과 나무가 어우러져 조화로운 곳에서 세상 이치 배워 가며 오순도순 살아가는 사람들의 삶이 가장 큰 아름다움이 아닐까? 광심정 마루에 앉아 생각해본다.

찾아가는 길

소재지 경상남도 함안군 칠북면 봉촌2길 461-29 (봉촌리 230)

중부내륙고속도로 남지나들목 앞 삼거리에서 좌회전하여 1022번 지방도로를 따라 자동차로 7km 남짓 달려가면 창녕함안보에 이른다. 이 도로는 낙동강 강물과 함께 흘러가는 길이기에 지나는 내내 강물이 만드는 아름다운 풍경을 만끽할 수 있다.

창녕함안보 위를 가로질러 건너자마자 왼편으로 방향을 돌려 절벽 위로 닦아 놓은 좁은 도로를 따라 700m 정도 가면 광심정에 다다른다. 이 길은 자동차로 지나는 것보다 느릿느릿 걸어가는 맛이 더욱 좋다. 오른편 산자락에는 과일 밭이 펼쳐져 있고, 왼편으로 넓고 느리게 흐르는 낙동강 강물과 동무할 수 있다. 작은 굽이를 몇 굽이 돌다보면 어느새 눈앞에 정자가 나타난다.

광심정으로 가는 낙동강 절벽 위 길은 봄, 여름, 가을, 겨울 어느 계절이라도 따라 걷고 싶은 길이다. 싱그러운 푸른 물빛을 바라보며 강물이 흐르는 방향을 따라 걸어가는 이 길은 자연의 향기와 정취를 즐기기에 부족함이 없다.

3

낙동강이 베푸는 여덟 가지 즐거움, 팔락정 八樂亭

낮은 산 앞에 자리한 작은 집 한 채

넓은 마당에 매화 국화 해마다 늘어나네

구름과 강물이 그림처럼 둘렀으니

이 세상 중에서 나의 삶이 최고로다

정자 문화는 중국에서 시작했지만 조선에서 꽃을 피웠다. 팔도 곳곳에는 수천 개에 이르는 정자가 세워져 있으며, 그중 절대다수는 영남 지역에 자리하고 있다. 제각각 아름다운 건축 양식으로 지어진 정자는 보는 재미가 있다. 정자 주변 경치에 취해보고, 정자를 지은 이의 삶을 배우는 즐거움에 젖어본다.

정자는 주변을 아우르는 산, 그 사이사이의 들판, 들판을 가르며 흐르는 강이 만들어낸 아름다운 풍광을 정원 삼아 서 있다. 보다 보면 나무와 바위 모양을 살펴 자연의 조화를 해치지 않는 곳에 건물을 지은 안목에 놀라게 된다. 담장 밖 자연을 있는 그대로 감상하고 즐길 수 있는 곳으로, 정자는 원래부터 그 자리에 있던 것처럼 자연스럽다. 자연은 잠시 빌려 즐기는 대상이라는 겸손한 마음가짐이 느껴진다.

이름에 자연과 인간의 즐거움을 담은 정자,
팔락정

팔락정八樂亭은 경남 창녕 유어면 미구리 마을 언덕에 자리 잡고 있다. 팔락정은 주변 자연의 아름다움을 소박하게 즐기는 정자의 전형을 보여준다. 정자 마루에서 바라본 풍경은 여느 시골 마을과 같이 평범하다. 그러나 정자에 붙인 이름 덕분에 주위 자연이 일상에 즐거움을 가득 전하는 절경이 되었다. 마루 위에 올라서면 남녀노소 누구나 즐길 수 있는 여덟 가지 즐거움이 펼쳐 있다.

팔락정은 한강寒岡 정구鄭逑(1543~1620)가 1580년에 세운 팔작지붕 목조 기와 건물이다. 정구는 학문과 교육을 장려하여 지역민을 교화하기 위해 팔락정을 세웠다. 처음 세운 건물이 세월의 풍파 속에 허물어진 것을 1852년 지역 문중에서 다시 세워 오늘날까지 서 있다.

기와를 얹은 흙 돌담이 사람 키만 하여 부드러운 곡선을 이루며 정자를 둘러싸고 있다. 마을 길에서 십여 개의 돌계단을 오르면 한 사람이 겨우 드나들 정도의 좁은 나무 문이 기다린다. 문을 살며시 밀고 안으로 들어서면 좁은 앞마당에 살짝 놀란다.

팔락정은 정면 3칸, 옆면 2칸으로 이루어진 소박한 건물이다. 건물을 정면에서 바라보면 왼편에 방이 두 칸이고 오른편에는 한 칸 크기의 마루가 마련되어 있다. 방 기둥보다 마루 기둥 간격이 더 넓어 건물이 좌우로 균형 잡힌 느낌이다. 적당한 높이의 담장을 넘어 들어오는 따뜻한 햇살을 즐길 수 있도록 두 칸 방 앞에도 나무 마루가 깔려 있다.

고개를 들어 마루 위 천장을 쳐다보니 이리저리 놓인 목재가 한 폭의 아름다운 추상화를 연출하고 있다. 조금씩 굽은 나무들은 일정하지 않은 간격으로 놓여 있어 마치 회화나무 잎사귀 심줄을 그린 듯하다. 고개가 아픈 줄도 잊고 한참을 올려다보게 된다.

가운데 방 앞에 걸려 있는 팔락정 현판은 어떤 장식도 없이 검은색 나무판 위에 정자 이름을 흰 글씨로 적어 두었다. 첫 글자인 여덟 팔八 자는 부드럽게 미소를 머금은 노학자의 웃음 가득한 눈썹을 보는 듯하다. 가운데 즐길 락樂 자는 두 사람이 평상 위에 앉아 차를 마시는지, 바둑을 두는지 마냥 즐거운 모습이다. 마지막 글자 정亭 자는 굽은 나무 몇 개를 이용하여 방 한 칸 마련하고 단아하게 세운 건물을 글자로 그린 듯하다. 작고 소박한 현판이지만 바라볼수록 웃음이 나온다. 팔락의 한 자락이 눈앞에 그려지는 듯하다.

대개 정자 마루 위에는 건물 주인과 동문, 후학들이 건물과 주변 풍광의 아름다움을 노래한 시판이 사방 빼곡하게 걸려 있기 마련이다. 그런데 팔락정 마루에는 「팔락정중건기」와 「팔락정중수기」 등 몇 개의 현판만 걸려 있다. 이는 앞서 찾은 이들이 남긴 시상에 갇히지 말고 편하게 즐기라고 배려한 것은 아닌지 짐작해본다. 그 덕분에 팔락정이 이야기하는 즐거움을 자유롭게 떠올릴 수 있다.

건물 앞마당에는 아름드리 은행나무 두 그루가 온 하늘을 가린다. 대문 양옆 담장에 바짝 붙어 뿌리내리고 수백 년을 살아온 노목이다. 여름에 찾아가면 정자 마당에는 시리고 시원한 초록빛이 눈부시게 가득하다. 가을에는 은행나무에서 내려앉은 잎으로 마당이 황금빛 양탄자를 깔아 놓은

팔락정 앞마당의 은행나무

듯하다. 아무도 주워가지 않은 은행 열매가 좁은 마당에 황금 구슬을 알알이 뿌려놓은 듯 가득하다. 열매는 떨어진 그 자리에서 그대로 낙엽과 부드러운 흙에 덮여 새로운 생명으로 움튼다. 따스한 봄날이면 여린 연둣빛 은행나무 새순이 온 마당을 가득 채운다. 한 뼘 길이의 새순 서너 포기를 조심스레 캐어 고향 집 마당에 옮겨 심었다. 오백 년 배움의 기운을 조금이나마 이어받고 싶은 마음이다.

강물과 함께하는 여덟 가지 즐거움

팔락정이 있는 미구리 마을과 낙동강 사이에는 튼실한 제방이 세워져 있어 마을은 장마철에도 짙은 황토색 격랑에 끄떡없이 평화롭다. 제방 앞으로 시원하게 펼쳐진 들판에서는 마늘과 양파 농사에 마을 사람들 손길이 분주하다. 하지만 사오십 년 전만 해도 이렇지 못했다. 둔지산 옆구리를 끼고 동남쪽으로 흐르는 낙동강 물이 불어나기라도 하는 날에는 마을 앞 너른 들판은 여지없이 물바다가 되기 일쑤였다. 임진왜란 당시 곽재우 의병장의 주 무대였던 화왕산을 휘돌아 우포늪을 만들고 낙동강으로 흘러드는 토평천 또한 빈번하게 범람했다. 연세 지긋하신 어르신들 말씀에 따르면 마을 앞 너른 들 위로 배를 띄워 다녀야 할 지경이었다고 한다.

조선시대 『해동지도』에 따르면 이 마을에는 미구택이라는 늪이 있었다. 미구리라는 마을 이름도 이 늪에서 비롯되었다. 지금도 남아 있는 이 늪은 팔락정 건물이 세워진 이래 팔락늪이라 불린다.

낙동강이 훤히 바라보이는 마을 앞 둔덕에 작은 건물을 하나 세우고 팔락정이라 부른 이유는 마을 주변을 아우르는 여덟 가지 아름다운 풍광을 언제든 즐길 수 있기 때문이다. 팔락정에서 누릴 수 있는 즐거움이 여덟 가지에 이르니, 곧 세상 모든 즐거움이 이곳에 있다.

팔락정 마루에 올라서면 보이는 낙동강 건너 맞은편 산자락은 한 마리 호랑이가 되어 물살을 건너 달려오는 것 같아서 '맹호도강猛虎渡江'이라 하였다. 붉은 노을을 가득 품은 범선들이 사람과 물자를 가득 싣고 포구로 들어오는 것을 바라보는 즐거움은 '원포귀범遠浦歸帆'이라 하였다. 고기잡이 떠나거나 물건 팔러 길 나섰던 남편과 아버지가 무사히 돌아오는 감사한 저녁이다. 기러기들도 마을 앞에 넓게 펼쳐진 흰 모래밭에 사뿐히 내려앉아 휴식을 취하니 그것이 '평사낙안平沙落雁'의 즐거움이다.

미구리 마을 오른편에서 남북으로 길게 펼쳐진 팔락늪에는 붉은 연꽃이 가득하다. 오뉴월 땡볕에 검게 탄 얼굴 가득한 피로를 말끔하게 씻어주는 '북지홍련北池紅蓮'이다. 팔락늪을 지나 마을을 감싸고 정자 앞을 흐르는 개천은 낙동강을 거슬러 흐르는 '역수십리逆水十里' 물길이다. 팔락정 낮은 담장에 기대어 강가 풍경을 감상하는 회화나무 한 그루는 사방으로 가지를 뻗어서 농사일과 고기잡이에 지친 사람들의 몸과 마음에 휴식처를 내어줄 뿐만 아니라 그 우람한 자태를 보는 즐거움 또한 안겨주는 너른 품의 '전정괴수前庭槐樹'이다.

뒷담에는 검은 대나무가 겨울바람에 서걱거린다. 대나무는 학문을 수련하고 마음을 닦는 선비가 있는 곳이면 늘 함께하는 동무이다. 목민관은 '후원오죽後園烏竹'에 내리는 차가운 눈을 보며 민심을 살피고 강가 마을 사람들이 평화로운 일상을 누리기를 바란다. 그리고 누렇게 익은 보리로 가득한 마을 앞 들판의 '서교황맥西郊黃麥'을 바라보며 걱정을 잠시 내려놓는다. 한겨울 추위와 봄날 범람을 이겨내고 얻은 결실이다.

이렇게 여덟 가지 즐거움을 하나씩 떠올리며 눈앞에 그리다보면 주변 자연을 어찌 이렇게도 자세히 관찰하였는지 놀라지 않을 수 없다. 자신의 삶터 주변에 깊은 애정이 없으면 불가능했을 일이다. 화려한 즐길 거리가 가득한 요즘에는 더욱 별 것 아니라 여기며 가볍게 지나칠 수 있는 즐거움이다. 사소한 일상과 주변에서 나름의 즐거움과 가치를 찾는 운치를 즐겼던 조선 학자들의 삶을 대하는 태도가 잘 드러난다. 아름다운 시 구절 같은 표현 하나하나에 내 고장, 내 마을을 향한 사랑과 자부심이 가득하다.

여덟 가지 즐거움을 한 편의 풍경화 속에 담아 본다. 강가 언덕에 기대어 살아가는 마을 뒤로 연꽃 활짝 핀 팔락늪이 펼쳐 있고, 건물 앞 낮은 담장 밖에는 품 넓은 회화나무가, 뒷마당에는 검은 대나무가 자라고 있다. 마을 앞 황금빛 보리 들판 사이를 가르는 은빛 개천은 북쪽으로 십 리를 흘러간다. 강물 따라 길게 펼쳐진 하얗게 눈부신 모래사장에는 기러기들이 한가하게 노닐고, 포구로 들어서는 돛단배 뒤로 펼쳐진 강 건너 산자락은 용맹하게 마을을 노려본다. 이보다 더 아름답고 정겨운 풍경화를 어찌 그릴 수 있을까.

팔락늪

교육 장려에 전력을 다한 고을 수령, 한강 정구

조선시대 『경국대전』 「이전」 '고과조'에 고을 수령이 잘해야 하는 일곱 가지 중요한 일을 '수령칠사守令七事'라 하였다. 살림살이를 번성하게 하고(농상성), 인구를 늘리고(호구증), 학문을 장려하고(학교흥), 국토를 수호하고(군정수), 병역을 공평하게 하며(부역균), 소송을 잘 처리하고(사송간), 사회질서를 바로잡는(간활식) 일이다. 이는 지방 관리를 평가하는 소위 포폄의 기준이기도 하였다.

이와 비슷한 것이 고려시대에도 있었는데, 그때는 항목이 다섯 개라 수령오사라 하였다. 조선시대 고을 수령에게는 '학문과 교육을 부흥하는' 역할이 더 주어진 것이다. 팔락정을 세운 한강 정구는 이 역할에 매우 충실했던 사람이다.

정구는 관직 생활 대부분을 고을 수령 등 외직에서 보냈다. 그는 흥학교민興學敎民의 기치를 걸고 학문과 교육을 권장하는 데 큰 관심을 기울였다. 그가 창녕현감으로 재직할 때 지역 내 여덟 군데에 학교를 세워 지역민 교육에 힘쓴 것이 대표 사례이다. 이때 세운 여덟 개의 학교를 한강 정구의 팔재八齋라고 부른다. 오늘날에는 네 곳이 남아있는데 관산재, 백암정, 부용정 그리고 팔락정이다. 팔재는 정구가 주도하여 짓고, 마을에 뿌리내리고 살고 있던 지역 가문들이 맡아서 운영하였다.

벼슬길 출세보다 제자 가르침이 더 즐거웠던 학자

한강 정구는 13살 때부터 성리학을 배웠다. 당시 성주향교의 교수였던 5촌 이모부 오건(1521~1574)이 그의 스승이었다. 조선 선조 때 이조좌랑 관직을 지내기도 한 오건은 정구를 4년간 가르쳤다.

정구는 과거 시험에 응하는 대신 학문의 길을 이끌어 줄 스승을 적극적으로 찾아 나섰다. 21살 때는 청량산 아래 안동 도산서당으로 이황(1501~1570)을 찾아갔고, 24살 때는 지리산 아래 덕산 산천재로 조식(1501~1572)을 찾아갔다. 이렇게 그는 당시 조선 최고 학자 두 사람을 찾아 스승으로 모시고 배움을 구했다. 그러나 두 학자로부터 배우는 시간이 그리 길지는 못했다. 정구가 스승으로 모신 지 십 년도 되지 않아 두 사람 모두 세상을 떠났기 때문이다.

정구는 나이 서른이 넘으면서 여러 차례 관직에 천거되었다. 서른한 살에 예빈시참봉으로 벼슬을 시작하기는 하였으나 연이어 불린 자리는 모두 거절하였다. 그는 수년 뒤 창녕현감으로 나가기 전까지 가야산 자락 회천 강가에 초당을 짓고 제자 가르치기를 더 즐겼다.

그는 창녕현감을 맡은 지 1년 반 만에 그만두고 가야산 근처 회연초당으로 돌아갔다. 정구는 초당 앞에 100그루의 매화나무를 심고 백매원百梅園이라 불렀다. 지금도 회연서원 앞에는 매화나무들이 너른 공간을 빼곡하게 채우고 있어 오백 년 전 정구의 마음가짐을 떠오르게 한다. 강가에 세운 작은 초당 마루에 앉아 매화 꽃향기를 즐기는 삶조차 사치스럽다고 여겼는지 그는 다음과 같이 시를 읊었다.

낮은 산 앞에 자리한 작은 집 한 채
넓은 마당에 매화 국화 해마다 늘어나네
구름과 강물이 그림처럼 둘렀으니
이 세상 중에서 나의 삶이 최고로다[12]

가야산 맑은 기운 속에서 추운 겨울일수록 더욱 짙어지는 매화 향기를 닮기라도 하듯 정구는 수많은 제자를 배출하였다. 그의 제자들이 엮은 『회연급문제현록』에 의하면 정구의 제자는 대략 342명에 달했다고 한다. 이는 문인이 358명이었다는 이현일◆과 355명에 이르렀다는 장현광◆◆ 다음으로 많은 수이다. 장현광은 정구의 조카사위이자 뛰어난 제자이기도 했는데, 스승과 제자가 길러낸 학자가 겹치는 이름 64명을 제외하더라도 633명에 달한다. 두 사람의 학문 그늘이 넓기도 넓다.

정구의 제자로는 정유재란 때 의병을 일으켜 주왕산성 대장으로 활약한 박성(1549~1606)과 임진왜란이 발발하자 의병장으로 분투한 문위(1554~1631), 그리고 221명에 달하는 제자를 길러 퇴계학파의 맥을 이은 장흥효(1564~1633) 등이 있다. 또한, 4천 3백 79수의 시를 남긴 이안눌(1571~1637)과 조식의 묘비명을 쓴 허목(1595~1682), 이순신의 서녀 사위인 윤효전(1563~1619) 등도 있다. 영남 지역 학자 대부분이 그의 문하에서 학문을 하였다고 해도 과언이 아닌 듯하다.

◆ 이현일李玄逸(1627~1704) 호는 갈암葛菴. 남인 중진으로 이황의 학통을 계승한 대표적인 산림으로 꼽힌다.

◆◆ 장현광張顯光(1554~1673) 호는 여헌旅軒. 일생 학문에 힘썼으며 영남의 수많은 남인 학자를 길러냈다.

마을 길에서 본 팔락정

인문지리서 발간의 큰 길을 닦은 인문학자

정구는 1580년, 38세에 창녕현감으로 본격적인 관직 생활을 시작하였다. 그는 다른 이들보다 한참 늦게 시작한 관직 생활에서 여느 관리들과는 사뭇 다른 모습을 보였다. 정구는 주로 외직이라 불리는, 지방 고을을 다스리는 일을 했다. 그는 전라도, 경상도, 충청도, 강원도 등 조선 방방곡곡 지방 관직을 두루두루 맡았다.

그가 새로 부임하는 고을마다 가서 꼭 하는 일이 있었는데, 바로 그 지역의 인문지리서를 발간하는 일이었다. 창녕에서는 읍지인 『창산지』를 편찬하였는데, 이는 삼십 년 가까이 이어지는 부임지 인문지리서 편찬의 시작이었다. 『창산지』 편찬은 국가가 아닌 개인이 편찬한 인문지리서 역사의 본격적인 시작을 알리는 사건이기도 했다. 현재까지 전해지고 있는 천여 종에 이르는 인문지리서의 역사적인 첫걸음이었던 것이다.

정구는 『창산지』를 시작으로 수많은 읍지와 도지를 편찬하였다. 그중 1587년 함안군수로 재임하며 편찬한 『함주지』는 이황의 처조카사위이자 조식의 제자인 오운(1540~1617)과 함께 만든 것이다. 현재 서울대학교 규장각에 보관되어 있으며 지금까지 남아 있는 우리나라 읍지 중에 가장 오래되었다.

지방 고을 인문지리서를 만드는 일이 하늘이 그에게 준 과업이기라도 하였을까, 정구는 전쟁 중에도 이 일을 그만두지 않았다. 임진왜란 중인 1593년 강릉에 재직할 때는 『임영지』를 편찬하였으며, 1595년에는 『관동지』를 편찬하였다.

정구가 살았던 선조와 광해군 당시 국가에서 편찬한 읍지는 30종도 채 안 된다. 읍지 편찬에 기울인 그의 노력이 얼마나 대단한지 짐작하기 어렵지 않다. 혹독한 전쟁을 치른 시기라는 점을 생각해 보면 더욱 놀랍다.

정구가 지방 고을 인문지리서 편찬에 큰 관심을 가진 데는 눈앞의 현실을 직시하고 실천을 강조하는 낙동강 우안 학풍의 영향이 있었을 것이라 생각한다. 고을 수령으로서의 자세와 마음가짐에 대한 각성이 없었다면 쉽게 할 수 없었을 것이다. 읍지는 지역 산천과 그곳에서 삶을 일구는 사람들에 대한 남다른 관심과 탐구의 결과물이다. 그야말로 지역과 지역민에 대한 사랑과 관심 없이는 힘든 일이다. 부임하는 지역마다 빠뜨리지 않고 그 지역의 인문지리서를 편찬하고 지역민의 교육과 학문에 진력을 기울인 정구의 모습에서 백성을 다스리는 자가 가져야 하는 기본 마음가짐을 볼 수 있다.

그의 이런 노력은 조선의 지방 고을 관리들이 자기가 다스리는 지역의 인문지리에 관심을 갖게 하는 데 큰 기여를 하였다. 그 영향으로 18세기 이후에는 국가가 나서서 읍지를 적극적으로 편찬하기도 하였다. 고종 대에 이르러서는 1871년, 1895년, 1899년 세 차례에 걸쳐 거의 500종에 가까운 읍지가 편찬되었다. 이 시기에 편찬된 읍지가 지금까지 전해오는 것들 중 거의 절반을 차지한다. 오늘날에는 약 천여 종의 읍지가 국립중앙도서관, 국사편찬위원회, 서울대학교 규장각, 한국학중앙연구원 등에 전해지고 있다. 이 자료들 덕분에 오늘날에도 우리는 수백 년 전 당시의 산천과 인문에 생생하게 접근할 수 있다. 이는 오롯이 정구 덕분이 아닐 수 없다.

목민자의 품성을 가다듬은 가야산 기행

한강 정구의 삶은 경상남도와 경상북도를 아우르며 뻗어 있는 가야산 자락의 산천과 어우러져 있다. 가야산은 조선시대 선비들이 가장 즐겨 찾던 산이었다. 조선시대 선비들이 남긴 가야산 유람 기록 중 현재까지 전해오는 것이 50여 편에 이른다. 정구도 젊은 시절부터 가야산 일대를 유람하며 호연지기를 키우고 사람을 품는 너른 마음을 가꾸었다. 그는 창녕현감이 되기 전 1579년 가야산 일대를 유람하고 그때의 산행에서 얻은 감흥을 「유가야산록」으로 남겼다.

정구는 이인개, 이인제 형제와 함께 가야산의 빼어난 경치를 즐겼다. 폭염이 지나고 가을을 맞이한 좋은 계절이었다. 그의 행장에는 쌀 한 자루, 술 한 통, 반찬 한 소쿠리, 과일 한 바구니와 함께 『근사록』 책 한 권도 담겨 있었다. 정구는 산행 동안 매일 새벽, 길을 나서기 전 『근사록』을 읽으며 관직에 나가는 관리로서의 마음가짐을 다졌다. 정각암, 성불암을 지나면서는 궁벽한 시골 백성들의 어려운 삶을 생각하였고, 봉천대에 올라서는 높은 자리에 오르는 만큼 겸손하고 어진 심성을 갖기를 다짐하였다.

또한, 가야산 준봉과 계곡을 거니는 중에도 학문의 다짐을 잊지 않았다. 남쪽으로 멀리 지리산 봉우리를 바라보면서 정여창과 조식을 떠올렸고, 북쪽으로 금오산 봉우리를 보면서는 패망한 고려와의 절의를 지키려 그곳에 은거했던 길재를 생각했다. 동쪽으로 팔공산을 바라보면서는 정몽주(1337~1392)를 기억하고, 서쪽으로 덕유산 봉우리를 보고는 임훈(1550~1584)을 생각했다.

그야말로 조식이 말한 '간산간수看山看水 간인간세看人看世'였다. 아름다운 산세의 향기와 맑고 밝은 물소리를 즐길 뿐만 아니라 그 속에서 사람의 삶과 세상 살아가는 이치를 생각하는 여행이었다.

이 가야산 산행 기록에 담긴 감흥은 오백 년이 지나서도 생생하다. 더 없이 좋은 계절에 맑고 깨끗한 자연 속에서 마음을 수련하고 풍류를 즐기는 조선 학자의 낭만이 전해진다. 도포 자락 날리며 가야산 계곡과 산등성이를 넘어가는 모습이 눈앞에 선하다. 그 위로 나의 이십대 청년 시절 겨울 여행이 겹쳐진다. 대학 졸업을 앞두고 주머니에는 단돈 3만 원을 꾸겨 넣고 친구와 둘이서 20일간의 국토 순례를 나섰었다. 동쪽 속초 바다 모래밭에서 출발하여 동해안을 따라 삼척과 울진을 지나 부산으로 갔다. 여인숙에서 잠을 청하고, 길가에서 가스불로 요리해 한 끼를 해결하였다. 배를 타고 바다 건너 제주까지 갔던 당시 여행 일기를 읽는 즐거움은 지금도 여전하다.

찾아가는 길

소재지 경상남도 창녕군 유어면 미구리 491-2

팔락정은 중부내륙고속도로를 이용하여 찾아갈 수 있다. 창녕나들목으로 나오자마자 우회전해서 20번 국도를 약 10km 정도 따라가면 유어면 소재지가 나온다. 이곳에서 낙동강이 흐르는 방향을 거슬러 1km 남짓 가면 오른편에 있는 마을이 미구리이다.

도로에서 북쪽으로 쭉 뻗은 마을 길이 있는데, 이 길을 따라 400m 앞을 바라보면 마을 초입 언덕 위에 팔락정이 보인다. 팔락정 바로 앞에는 큰 회화나무 한 그루가 시선을 이끌며 서 있다.

팔락정 오른편 뒤쪽으로는 사계절 아름다운 팔락늪이 펼쳐져 있다. 또한 팔락정에서 북쪽으로 십 리 거리에는 우포, 목포, 사지포, 쪽지벌, 산밖벌 등이 장대하게 자리하고 있다. 이들 늪지대는 국내에서 가장 아름다운 수생 풍경을 간직하고 있다. 화왕산 북편 자락에서 시작하여 서쪽으로 근 오십 리를 흘러서 온 토평천이 만든 습지 생태 보고 지역이다. 장대하게 펼쳐진 늪지대에는 800종의 식물과 209종의 조류, 28종의 어류와 17종의 포유류 등이 조화롭게 살아간다. 사계절 변화에 맞춰 시시때때로 변하는 늪지대는 아름다운 생태를 아낌없이 보여준다. 이 일대는 람사르협약에 의해 1998년 보존 습지로 지정되어 도시의 시멘트 삶에 지친 이들에게 청정 녹색 자연의 평화를 선물하고 있다.

4

경호강 물결 속 가득한 형제간 우애, 오의정 五宜亭

마땅히 하늘의 순리를 따르고

단지 자기 분수에 맞는 당연히 해야 할 일에 전력을 기울여야 한다.

경호강은 남덕유산에서부터 흐르기 시작하여 경남 산청에 이르러서는 지리산 노고단에서부터 흘러온 임천과 하나가 된다. 두 물줄기는 닮은 데가 많다. 같은 높이의 고산 준봉에서 시작하여 근 백 삼십 리를 달려와 만났으니 우애 넘치는 형제나 애틋한 연인 같다. 두 강이 손 마주 잡고 한 몸 되어 이십 리를 더 흐른 곳에 오의정五宜亭이 자리 잡고 있다. 이곳에는 형제의 우애 깊은 이야기가 가득하다.

오의정이 위치한 대포리 마을은 경호강이 굽이굽이 흐르며 만든 아름다운 풍광 속에 터 잡고 있다. 덕유산과 지리산의 맑고 깊은 기운을 담은 물줄기가 마을을 휘감고 지나가고, 마을 사람들이 생활하는 민가는 사방으로 농토에 둘러싸여 강에서 살짝 뒤로 물러나 있다. 오의정은 남동쪽을 바라보며 강물에 바짝 다가서 있다. 정자는 150년 동안 봉화산 자락 끝에서 경호강 상류의 빼어난 자연경관을 마음껏 즐기고 있다. 강 건너 양촌마을 뒷산 바위 절벽에 부딪혀 휘돌아 흐르는 강물 소리가 거침없이 들려온다.

오의정 일대 경호강 풍경

의형의제 마음으로 세운 건물

오의정은 1872년 괴헌槐軒 민수閔銖(1784~1871)의 다섯 아들◆이 그의 유지를 받들어 세운 곳이다. 괴헌은 미수(88세)가 되던 해 아들들을 불러 놓고 "내 나이 90을 바라보고 있다. 평생 내 분수대로 해야 할 일을 다 했는데 오직 자손들이 공부할 서재를 마련하지 못한 것이 한이다. 너희들이 서재를 건립하여 후손들이 공부할 수 있도록 하라"는 뜻을 전하고 그해 세상을 떠났다.

아버지의 당부를 잊지 않은 다섯 형제는 1872년 대포리 마을 인근에 작은 서재를 세웠다. 오의정은 이렇게 출발하였다. 건물은 세운 지 수십 년이 지나자 허물어지고 터만 남았는데, 1909년 괴헌의 장손 민동혁(1839~1912)이 경호강 둔덕에 다시 지었다. 지금 남아있는 오의정은 이때 세운 건물이다.

괴헌의 셋째 아들 민백필은 1872년 『오의정기』를 썼다. 여기에 이 건물을 오의정이라고 부르게 된 과정이 잘 기록되어 있다. 건물을 처음 완공했을 때 주변에서는 건물 이름을 오락정五樂亭으로 지으라고 추천하였다. 『맹자』「진심」 편에 따르면 군자의 세 가지 즐거움(군자삼락君子三樂) 중 부모 모두 살아계시고 형제들도 별 탈 없는 것이 첫째인데, 이들 다섯 형제가 모두 우애롭게 지내고 있기 때문이었다.

◆ 민백주(1813~1886), 민백원(1826~1889), 민백필(1831~1894), 민백충(1835~1885), 민백승(1837~1880)

하지만 민씨 형제는 선친이 살아계실 때 즐거움을 받들지 못한 것도 죄송한데 어떻게 오락이라고 할 수 있겠냐며 거절하였다. 대신 건물 이름으로 선택한 것이 오의정五宜亭이다. 『시경』 「소아」 '육소' 편에 나오는 "아우에게는 형 노릇을 잘하고 형에게는 아우 도리를 잘한다"는 '의형의제宜兄宜弟'의 뜻을 생각하고 지은 것이다.

형제들은 이곳에서 학문을 닦고 후학을 가르쳤다. 괴헌의 둘째 아들 민백원은 다음 구절을 마음속에 품고 지냈다고 한다.

> 사람이 배우지 않으면 어찌 짐승과 구별할 수 있겠는가. 부와 명예는 사람이 억지로 애쓴다고 이루어지지는 않는다. 마땅히 하늘의 순리를 따르고 단지 자기 분수에 맞는 당연히 해야 할 일에 전력을 기울여야 한다.[13]

경호강 화폭 속에 담겨 있는 오의정

마을을 감싸고 부드러운 곡선을 그리며 흐르는 경호강은 남강이라고도 불린다. 대포교 다리를 건너 경호강 물길 따라 여유롭게 걷다 보면 금세 오의정에 도달한다. 건물은 강가에 단정하게 자리하고 있다. 1km가 채 되지 않는 강둑길은 강물이 유유히 흐르며 펼치는 풍경을 시원스레 즐기기에 부족함이 없다.

강둑길에서 열대여섯 개 계단을 딛고 올라서면 단정한 흙 마당을 끼고 정자 건물이 서 있다. 오의정은 여느 정자들과는 달리 건물을 사방으로 두르는 담장이 없다. 건물과 뒤쪽 구릉을 경계 짓는 50m 내외의 직선으로 뻗은 얕은 담장만 있을 뿐이다. 앞과 좌우를 가리는 담장이 없어 경호강 풍경을 막힘없이 즐길 수 있다.

건물은 사람 키 높이로 세운 기둥 위에 마루를 깔아 누각 형태로 지었다. 비교적 넓은 바닥 위에 평평하게 기단을 만들고 그 위에 이리저리 굽은 자연 그대로의 목재로 만든 기둥 12개를 가지런하게 세웠는데 매우 자연스럽다. 기둥 위로는 누마루를 넓게 만들고 사방으로 계자난간도 둘러놓았다. 동쪽과 서쪽 양쪽에 만들어 놓은 네댓 개 돌계단을 따라 넓은 누마루에 오르면 탁 트인 강 일대 풍경이 사방에서 마루 위로 밀려들어온다.

정면 3칸, 측면 2칸 규모의 팔작지붕 건물은 주변 자연과 견주어 크지도 작지도 않다. 가운데 기둥들 사이에는 뒤로 물러 온돌방 한 칸을 만들어 두었다. 누각 위에 온돌방이 있으니 싱그러운 푸름이 가득한 봄날뿐 아니라 사방이 흰 눈으로 가득한 겨울날에도 정자 위에서 아름다운 자연을 감상하며 학문을 연마하는 즐거움을 누릴 수 있다.

건물 이름을 적은 현판은 가운데 칸 전면에 걸려 있다. 마루 위에는 기문과 시를 적은 현판이 많이 걸려 있다. 1872년 민백필이 쓴 「오의정기」, 1909년 민동혁이 쓴 「오의정이건기」, 정재규◆가 쓴 「오의정중건기」 등은 이 건물의 유래를 생생하게 전해준다. 정자 서편 난간 너머로는 대포리 민씨 마을의 역사와 이야기를 전하는 비석이 가득한 마당이 단정하다.

정자 마루에 올라앉아 주변을 둘러보면 세상 사람들이 왜 오의정을 칠七의정이라 부르려 했는지 알 듯하다. 다섯 형제의 우애와 더불어 마을을 둘

◆ 정재규鄭載圭(1843~1911) 호는 노백헌老柏軒. 국권이 서서히 일제에 넘어가던 대한제국 시기, 저술과 후진 양성에 진력한 유학자이다.

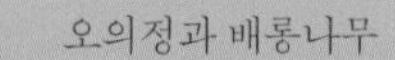

오의정과 배롱나무

러싼 푸른 산과 그 앞을 흐르는 맑은 물까지도 제 몫의 아름다움을 다하고 있다.

앞마당에는 배롱나무 두 그루가 좌우로 우아하게 서 있는데 건물을 시중들고 있는 마냥 읍전하다. 배롱나무 굽은 가지 너머 강둑에는 아름드리 은행나무가 하늘로 쭉 뻗어 있다. 가지 가득 싱그러운 푸름을 발산하는 은행나무는 경호강 풍경의 아름다움에 깊이를 더한다.

고려 마지막 충신의 충절을 기리는 대포서원

대포서원大浦書院은 오의정을 왼편으로 돌아 마을 길 따라 북쪽으로 300m 정도 떨어져 있다. 조선의 건국을 피해 이 고장 산림으로 은거했던 충심 가득한 고려 관리 민안부◆를 기리기 위해 1693년 세운 건물이다.

대포서원은 정면 6칸으로 규모가 꽤 크다. 서원 안으로 들어서면 정면에 숭의재崇義齋가 날개를 우아하게 펴고 맞아준다. 건물은 자연석으로 쌓은 3층 기단 위에 세워져 있다. 4단 돌계단을 딛고 올라가 보면 2칸 마루를 가운데 두고 왼편에는 누각처럼 낸 마루와 방 한 칸이, 오른편에는 2칸 방이 마련되어 있다. 대포서원이라 적힌 현판은 정면 왼편에 걸려 있고, 오른편 방 이마에는 숭의재 현판이 걸려 있다. 마루 위를 가로지르는 서까래는 구불구불한 목재를 써서 자연 그대로의 멋을 살려두었다.

◆ 민안부閔安富(?~?) 호는 농은農隱. 고려후기 예의판서를 역임하였다.

숭의재 마루 위에는 수많은 현판이 걸려 있다. 다른 서원이나 정자와 달리 이곳에는 친절하게도 현판의 내용을 한글로 옮겨 적어두었다. 오래된 건물에 걸린 현판들을 올려다볼 때마다 적혀 있는 글귀나 시구들이 무슨 의미인지를 알아보려다가 좌절을 맛보기 일쑤였는데 여기서는 그럴 일이 없다. 한자가 익숙하지 않은 사람도 대포서원에 남겨진 이야기를 즐길 수 있어 이곳을 찾는 즐거움이 더욱 크다.

숭의재 앞에 펼쳐진 마당 좌우로 서 있는 동재와 서재는 네 개의 추녀마루가 동마루에 몰려 붙은 우진각 지붕을 하고 있다. 그래서인지 팔작 지붕인 숭의재에 비해 단아하고 얌전한 느낌이다. 지금 건물은 서원철폐령으로 없어졌던 것을 1874년에 고쳐 세운 것이고, 대문채는 2015년 불이 나 전소된 것을 2017년에 다시 지은 것이다.

대를 이은 이야기가 가득한 매란정사

경호강 건너, 오의정 맞은편 언덕 위에도 이야기를 함께 나누는 건물이 한 채 있다. 매란정사梅瀾亭舍이다. 매란정사는 정면 5칸, 옆면 2칸 규모의 팔작기와지붕 건물이다. 지붕 아래에는 2칸 마루를 두고 왼편에는 2칸짜리 방이, 오른편에는 1칸짜리 방이 마련되어 있다. 길에서 9단 돌계단을 올라 앞마당에 서서 건물을 바라보면 그 위풍이 깔끔하고 단정하다.

건물 전면 가운데 처마 밑에는 현판이 걸려 있다. 그 왼편에는 쌍매헌雙梅軒, 오른편에는 관란재觀瀾齋라고 적힌 현판도 나란히 걸려 있다. 쌍매헌

대포서원

매란정사

은 평생 벼슬을 하지 않고 시와 글을 벗 삼아 지냈던 민제연(1632~1720)의 호이고, 관란재는 그의 종손 민홍석(1685~1772)의 호이다. 처음 민제연이 이곳에 초가 한 채를 짓고 집 앞에 매화 두 그루를 심은 다음 그 이름을 쌍매정이라 했다. 민제연이 세상을 떠난 후 허물어진 집을 그의 종손 민홍석이 기와를 얹고 관란정이라 불렀다. 건물에 붙인 이름에서 집주인의 낭만과 멋이 느껴진다.

매란정사 마루에 올라서면 강 건너 오의정 일대를 감싸 흐르는 경호강 일대 풍광이 한 눈에 들어온다. 기우만(1846~1916)은 『매란정기』에서 건물 앞에 시원하게 펼쳐진 경호강 물결을 보고 학문을 깨닫고, 마당에 심어둔 매화를 보고 절의를 알게 된다면 정자 마루에 앉아서도 도를 얻게 된다고 하였다. 이 얼마나 운치 있는가.

마루 위에는 쌍매정과 관란정을 노래한 다양한 크기와 형태의 시판들이 빼곡하게 걸려 있다. 마을에서 매란정사로 가는 고개 너머 길옆에는 쌍매헌과 관란재 두 조손을 기리는 비석이 세워져 있다.

두 나라를 섬기지 않으려 숨어든 마을, 대포리

경남 산청군 생초면 대포리는 600여 년 역사를 가진 여흥 민씨 집성촌

◆ 목은牧隱 이색李穡(1328~1396), 포은圃隱 정몽주鄭夢周(1338~1392), 야은冶隱 길재吉再(1353~1419)을 고려 삼은三隱이라 부른다. 이에 도은陶隱 이숭인李崇仁(1347~1392), 수은樹隱 김충한金沖漢(1355~?), 농은 민안부를 더해 육은이라 부르기도 한다.

이다. 이 일대에 삶터를 처음으로 잡은 민안부는 관직에 있을 때 곧은 말로 충직하게 간언하고 일을 바르게 처리한다고 십건十謇이라 불렸다.

어떤 이들은 민안부를 고려에 충정을 지킨 육은六隱◆ 중 한 명이라고도 부른다. 삼은, 육은, 팔은 등 고려 말 학자 중에는 자신의 호에 '은隱' 자를 사용한 이들이 유난히 많다. 봉직하던 나라가 망하고 새로운 나라가 세워지는 격변의 시기를 겪었을 이들을 떠올려보면 어느 정도 이해가 된다.

민안부는 소위 두문동 72현 중 한 명이라 전해진다. 두문동 72현은 고려가 멸망하고 조선이 세워지자 끝내 벼슬길에 나아가지 않고 산천으로 은거한 72명의 고려 유신을 이르는 표현이다. 두문동은 경기도 광덕산 서쪽 기슭에 있던 지역의 옛날 지명이라고 한다. 전해 오기로는 충직한 고려 유신들은 나라가 망하고 조선이 개국하자 두문동으로 들어가 동쪽과 서쪽에 문을 세우고 빗장을 걸어 문밖으로는 한 걸음도 나가지 않았다고 한다. 이들을 밖으로 불러내기 위하여 경복궁에서 친히 과거 시험을 열었으나 아무도 응하지 않아서 태조가 화가 난 나머지 산에 불을 질렀다는 이야기도 있다.

민안부는 경남 산청으로 내려와 일생을 은둔하였다. 민안부는 자신의 출생과 모든 흔적을 지우고 그림자 하나 남기지 않으려는 듯 그렇게 살다 생을 마쳤다고 한다. 다행히 그의 마음을 읽을 수 있는 시 한 수가 남아 있다.

의롭지 못한 부귀는
나에게는 뜬구름과 같도다
돌밭에 고려의 봄이 있으니
호미 들고 날 저물도록 김을 매노라[14]

민안부의 묘 근처에 세운 재실 송계재松溪齋는 올망졸망 야산 사이를 흐르는 생초천 근처 중매마을에 있다. 1839년에 세워진 건물은 서쪽으로 대모산 너머, 강 건너 대포리 오의정을 바라보며 서 있다.

건물은 전면 4칸, 옆면 3칸 규모의 팔작지붕 한옥이다. 가운데 2칸짜리 마루를 두고 양옆으로 방이 하나씩 마련되어 있다. 마루 위에 서서 양쪽 방문 위를 가로지른 꾸불꾸불한 서까래를 감상하는 즐거움이 있다.

망국의 슬픔이 가득한 산자락에 깃든 누각과 돌무덤

오의정에서 남서쪽으로 5km 정도 떨어진 곳에 왕산이 높이 솟아 있다. 정상 부근에는 고려를 향한 지조를 보여주는 바위 하나가 있다. 민안부가 매월 초하루와 보름날에 올라 북쪽 송도를 향해 절을 하며 나라가 망한 한을 위로받던 곳이라고 한다. 이에 후대 사람들이 망경대望京臺라고 이름을 지어 부르고 있다.

왕산 정상에서 북쪽으로 흐르는 주상천을 따라 십 리 정도 떨어진 화계리 계곡에도 누각 하나가 세워져 있다. 민안부를 기리며 망경루望京樓라는 이름으로 세워진 이곳은 개성을 그리워하는 선비의 마음을 담고 있다. 정면 3칸과 옆면 2칸 규모의 2층 누각은 북쪽으로 개성을 바라본다.

공교롭게도 망경루에 올라서면 남쪽에 가야 제10대 구형왕의 능으로 전해지는 전 구형왕릉이 보인다. 『동국여지승람』 등의 기록에 따르면 구

전 구형왕릉 사진

형왕은 532년 신라 법흥왕에게 가야를 넘겨주었다. 구형왕은 나라를 구하지 못한 자신은 흙 속에 묻힐 자격도 없다고 하였고, 사람들이 돌을 하나씩 덮어 무덤을 만들었다고 한다. 전 구형왕릉은 우리나라에서 흔히 볼 수 없는 특이한 형태이다. 수천, 수만 개의 돌로 만들어진 무덤에서 가야를 향한 애잔한 감정이 일어난다.

왕산 자락 능선과 계곡에 발 디디니 신라에 흡수되어버린 가락국의 슬픔과 조선에 패망한 고려의 슬픔이 무겁게 매달린다. 발걸음이 절로 느려진다.

찾아가는 길

소재지 경상남도 산청군 생초면 명지대포로 236번길 158-12 (대포리 114)

문화재 지정 오의정 | 경상남도 문화재자료 제543호 (2011년 12월 29일)
대포서원 | 경상남도 문화재자료 제198호 (1993년 12월 27일)
매란정사 | 경상남도 문화재자료 제584호 (2014년 8월 14일)
송계재 | 경상남도 문화재자료 제199호 (1993년 12월 27일)
전 구형왕릉 | 사적 제214호 (1971년 2월 9일)

오의정은 통영대전고속도로를 이용하여 찾아가면 편리하다. 생초나들목으로 나온 다음 직진하여 경호강을 건너 600m 남짓 가면 1034번 지방도 생초삼거리가 나온다. 여기서 경호강과 나란히 달리는 강변도로를 따라 남쪽으로 4km 남짓 가면 강을 가로지르는 대포교가 나온다. 이 다리를 건너면 대포리 마을이다.

오의정은 다리 건너 마을 길을 따라 1km 남짓 거리에 있다. 대포교에서부터 부드럽게 꺾어 흐르는 경호강을 따라 강둑길을 걸어가도 오의정에 다다를 수 있다. 오의정 마루에 올라서서 강 건너 얕은 산 언덕을 바라보면 단아한 매란정사가 눈에 들어온다. 오의정 뒤로 멀지 않은 곳에는 대포서원이 있다. 길을 따라 마을을 한 바퀴 돌아보는 재미도 있다.

망경루는 대포리 마을 뒤로 봉화산을 돌아 60번 국도를 따라 10km 정도 가면 다다를 수 있다.

5

○

삼백 년 전 군자 정신 담은 곳,

군자정 君子亭

바위에 핀 꽃은 꿈에 본 신선들의 미소

산에서 떨어진 나뭇잎들은 물길 위에 띄운 술잔

사람들은 조선 유학의 대표 고장으로 으레 경북 안동을 먼저 떠올린다. 그러나 경남 함양 역시 안동 못지않은 학문의 고장이다. 그 역사는 신라시대 함양태수를 지낸 최치원(857~?)으로부터 시작된다. 최치원은 학사루에 올라 학문을 논하고, 위천 가에는 손수 숲을 가꾸어 백성들의 삶을 풍요롭게 하였다. 그 숲은 지금도 울창하여 지역 주민들의 휴식 공간이 되어주고 있다.

고려 말 정몽주의 제자이자 두문 72현 중 한 명인 조승숙(1357~1417)은 고려가 망하자 벼슬을 버리고 고향 함양으로 돌아와 교수정教授亭을 짓고 후학양성에 전념하였다. 그 외에도 함양의 자연에 은거하며 학문을 연마한 학자가 많았다. 조선시대 사람들은 깊이 있는 학문과 선비다운 발자취를 남긴 함양 출신 학자 여덟 명을 함양 8선생◆이라 부르기도 했다.

◆ 함양지역의 대표적인 유학자 일두一蠹 정여창鄭汝昌(1450~1504)을 비롯하여 강익(1523~1567), 노진(1518~1578), 박맹지(?~?), 양희(1515~1580), 유호인(1445~1494), 이후백(1520~1578), 표연말(1449~1498)을 이른다.

소백산맥 자락이 흘러내리고, 맑고 깨끗한 산천이 가득한 함양 곳곳에는 수많은 정자가 자리하고 있다. 아름다운 자연 속에 파묻혀 학문을 연마하던 학자들이 많았던 만큼 함양은 우리나라 정자 문화의 보고로도 이야기된다. 정자와 누각은 흔히 풍광이 빼어난 강가 언덕이나 기암괴석이 있는 절벽 위에 세워져 있다. 누각과 정자 마루에서는 주변 지역의 학자들이 모여 아름다운 산수를 노래하는 시를 짓거나 학문을 논하는 시간을 빈번하게 가졌다. 함양 지역에 정자가 많다는 것은 이 일대의 자연 환경이 아름답다는 증표이기도 하면서 이를 즐긴 학자들이 무수히 많았음을 이야기한다. 강가 너럭바위 위에 깊이 새겨져 전해오는 시 구절과 이곳을 다녀간 이들의 이름에는 자연의 절경으로부터 느꼈을 감동의 깊이가 고스란히 담겨 있다.

선비들의 마음 수양 공간, 안의삼동

산천으로 둘러싸인 경치 좋은 곳을 동천洞天이라 부른다. 남덕유산에서 시작한 물길이 세 갈래로 흘러 만든 심진동, 원학동, 화림동 일대의 천하절경을 '안의삼동安義三洞'이라 한다.

심진동은 지우천이 용추계곡을 지나 남강으로 흘러들며 만든 절경 지역이다. 용추계곡에는 용이 되고자 승천하다 떨어져 죽은 이무기의 전설이 있는 용추폭포와 용소, 꺽지소, 매산나소 등의 웅덩이가 멋지게 어우러져 있다. 함양 8선생 중 한 명인 노진은 「유장수사기」에서 용추폭포를 '천

척 길이의 비단을 하늘에 걸어놓은 듯하고 계곡을 흐르는 물 소리는 쟁그랑 쟁그랑 옥구슬이 울리는 소리와 같다'고 묘사했다. 노진은 1538년 그의 형 노희(1494~1550)와 함께 이 일대를 유람하였는데, 형제가 우애를 다졌던 장수사 절터에는 현재 일주문만 홀로 남아 쉼 없이 계곡을 채우는 폭포 소리에 취하고 있다.

이곳은 또한 박지원(1737~1805)이 청나라에 가서 얻은 최신 문명을 몸소 실천하고 적용했던 실학의 공간이기도 하다. 그는 안의현감으로 부임해 있을 때 이곳에 북경에서 보았던 물레방아를 설치하였다고 한다.

원학동은 위천이 용암정과 수승대를 거쳐 황강으로 흘러들며 만든 절경지이다. 척수암, 장주갑, 요수정, 관수루 등이 즐비한 이 일대 최고의 경치는 수승대이다. 삼국시대에는 이 일대가 백제와 신라의 국경지역이었으며 사람들은 수송대愁送臺라고 불렀다. 국경을 넘어 신라 땅으로 들어가는 백제 외교관들의 애환이 가득 담겨 있는 이름이다. 기울어가는 나라의 운명을 어깨에 지고 국경을 넘는 발걸음에 가득했을 근심을, 무심하게 흐르는 강물에나마 실어 떠나보내기를 바라는 마음에서 그렇게 불렀다.

이황이 1543년 정월, 장인 권질(1483~1545)의 회갑연에 참석하는 길에 이 근처를 찾았다가 이곳의 이름을 수송대에서 수승대搜勝臺로 바꾸었다. 근심을 떠나보내는 바위, 또는 근심을 가득 안고 떠나는 바위라는 의미였던 이름을 절경인 자연을 노래하는 바위라는 의미로 바꾼 것이다. 이황이 명승지의 이름을 바꾼 이유는 수승대 거북바위에 선명하게 새겨져 있다.

화림동은 남강 본줄기가 서상, 서하 일대에 만들어 놓은 계곡 암반 지대를 아울러 일컫는다. 북쪽 황석산과 남쪽 대봉산 사이에 놓인 계곡에는 눈부신 암반과 짙은 녹음이 가득하다.

맑고 푸른 남강이 빚어낸 아름다움으로 가득한 화림동 계곡의 진짜 보석은 제각각 다양한 자태로 자리하고 있는 정자 건물들이다. 널찍한 바위 위에 마음껏 날갯짓하며 서 있는 동호정東湖亭, 녹색 짙은 그늘에 고고하게 자리 잡은 군자정君子亭, 바위와 계곡과 맑은 물과 한 몸으로 하나가 되어 있는 거연정居然亭 등이 있다.

화림동 계곡에 자리한 정자들은 어느 하나 빠지지 않고 아름다운 자연과 완벽한 일체를 이룬다. 어느 정자든 마루 위에 올라앉으면 자연과 하나 되는 기분을 느낄 수 있다. 푸른 물길이 만들어 내는 운치에 작은 정자를 하나 더했을 뿐인데 자연을 사랑하는 인간이 누릴 수 있는 풍류의 극치를 맛볼 수 있다.

화림동 계곡에 들어서면 조선 선비들이 왜 녹음 짙은 계곡에 건물 한 칸 세워 옥빛 물가에 머무르기를 좋아했는지 그 이유를 알 수 있다. 고려 말과 조선 초기의 학자였던 권근(1352~1409)은 선비가 계곡물을 좋아하는 이유를 이렇게 이야기한다.

> 계곡물은 높은 산에서 흐르기 시작하기에 더러운 것이 모여들 수 없다. 계곡물은 빠르게 흐르기에 흐린 것들은 물속에 머물지 못하고 돌에 부딪히고 모래에 걸러진다. 계곡물은 잠시도 쉬지 않고 천년만년 흐른다. 이러한데 도를 닦는 선비가 어찌 계곡물을 바라보며 마음을 맑게 하고 고운 천성을 회복하지 않겠는가.

바위 사이를 흐르는 물살은 비단보다도 고와서 사람들은 남강을 금천錦川

이라 부른다. 수정같이 차갑고 맑은 명경지수, 절로 팔베개하고 누워 있고 싶은 너럭바위, 그 위로 한여름에도 시원한 푸름을 선물하는 낙락장송, 그 사이를 지나가는 깨끗한 바람결이 있는데 무엇을 더 바랄까. 절로 나오는 시 한 수를 짓지 않고 어찌 버틸 수 있을까.

1566년 조식이 함양 개평리에 있는 제자 노진의 거처를 방문한 적이 있다. 조식은 제자들과 밝은 햇살에 하얗게 눈부신 바위들이 가득한 화림동 일대를 유람한 후 다음과 같이 시를 노래했다.

하얀 돌은 하늘의 구름 같고
푸른 담쟁이넝쿨은 온갖 모양 짜는구나
애써 자세히 설명하지 말게나
내년에 고사리 뜯으러 다시 오려네

봄바람 부는 삼월 무릉도원 다시 오니
비 갠 하늘 아래 강물도 너르구나
이곳에서 한 번쯤 노는 것이야 분수 어긋나지 않겠지만
한 번만 즐기는 것 또한 세상 어려운 일이구나[15]

비단결 물길과 한 폭으로 어울린 팔담팔정

사람들은 안의삼동 화림동천의 아름다움을 이야기할 때 팔담팔정八潭八亭을 빠트리지 않는다. 여덟 개의 정자와 여덟 개의 못이 서로 절묘하게 어우러져 지금의 경남 함양과 거창 일대를 절경으로 만들고 있다.

안의삼동 절경지 중 심진동의 심원정과 원학동의 수승대, 그리고 화림동의 농월정을 삼가승경이라고도 한다.

심진동 용추계곡의 심원정

수승대 거북바위

화림동 농월정

여덟 개의 정자, '팔정'은 옥빛 계곡을 그린 한 폭의 산수화에 담겨 곳곳에 자리하고 있다. 함양 지방에는 거연정, 군자정, 동호정, 심원정, 농월정이 자리하고 있으며 거창 지방에는 요수정, 능허정, 영사정이 있다.

수천 년 동안 잠시도 멈추지 않고 흐르는 물살이 오색찬란하게 조각한 계곡을 장식하고 있는 여덟 개의 못, '팔담'으로는 구연담, 분설담, 심원담, 월연담, 율림담, 종담, 차일담, 그리고 학담이 있다. 조식이 제자들과 함께 이 일대를 찾았을 때, 제자 강익(1523~1567)은 시 한 수를 지어 팔담의 아름다움을 노래하였다.

남명 선생께서 옥빛 계곡을 이끌고
우리에게 올라오셨네
풀은 향기롭고 산도 아름다워
채찍질하여 말머리 세웠네
월연담에 처음으로 발을 담그니
용간에 시도 있고 글도 있구나
구경하는 마음은 곳곳에 즐겁고
수레 소리 맞추어 짐승들도 노래하네[16]

안의삼동 계곡 일대에는 이 외에도 무수한 못과 정자가 주변 풍광과 어울려 자리하고 있다. 팔정팔담은 꼭 이 여덟 개의 정자와 여덟 개의 못만 가리키는 표현은 아닐 것이다. 남덕유산 자락에서 낙동강으로 흘러 내려가는 물줄기 언저리에 있는 모든 절경을 아우르는 말이라 여겨진다.

동천 너럭바위 위에 한 마리 학처럼 내려앉은 군자정

군자정은 정선 전씨 문중 후손들이 일군 봉전마을 앞 계곡에 세워져 있다. 건물은 화림동 계곡 너른 반석 위에 서 있다. 남강 푸른 물이 수천 년 동안 문질러 매끈매끈해진 바위들이 강바닥을 덮고 있다.

군자정은 조선시대 동방오현東方五賢◆ 중 한 명인 정여창을 기려 세웠다. 정여창은 성리학의 근본 원리를 밝히는 공부에 힘쓴 학자로 유명하고, 사람됨의 도리를 한결같이 지키며 산 것으로도 잘 알려져 있다. 그는 상속받은 재산을 집에서 일하는 노비들에게도 나누어주고, 가난한 이웃 살피기를 게을리하지 않았다. 고을 관리로서 일할 때나 학문을 닦을 때나, 그는 사람이 기본으로 지켜야 할 도리를 강조하고 실천했다. 조선시대 선비의 고장으로 좌 안동, 우 함양이라는 표현이 생기게 한 주인공이기도 하다.

조선시대 학자들이 학문을 연마하는 목표 중 최고는 군자 경지에 이르는 것이다. 그래서 선비들이 학문을 나누며 자연을 즐기는 곳에 세운 정자 중에 '군자정'이라 불리는 곳이 여러 군데 있다. 화림동의 군자정은 새들마을에 터 잡고 살던 전세걸과 전세택 등 정선 정씨 집안에서 세운 것이다. 그들은 정여창의 군자다움을 받들고자 1802년 이곳에 건물을 세웠다. 이 일대는 정여창이 자주 찾아 자연 풍광을 즐기던 곳이었다고 한다.

정여창의 고향인 경남 함양 지곡면 개평마을에서 이곳 봉전마을까지는

◆ 조선시대 성리학을 이끈 대 유학자 다섯 명으로 김굉필(1454~1504), 정여창, 조광조(1482~1519), 이언적(1491~1553), 이황을 일컫는다.

맑고 깨끗한 남강 물줄기를 거슬러 자연의 절경을 즐기며 오십 리 길을 걸어서 올 수 있다. 그가 현감을 지낸 안의는 고향 개평마을과 화림동 계곡 사이에 있다. 화림동천 물길 옆 숲속을 걷는 동안에는 푸르고 짙은 자연의 향기에 취해 세속의 근심을 말끔히 계곡물에 흘려 보낼 수 있다.

바위 뚫고 솟아올라 날개 펼친 건물

수정빛 강물이 흐르는 계곡 속 너럭바위 위에 서 있는 군자정은 정면 3칸, 측면 2칸 규모의 누각 형태 건물이다. 건물이 웅장하지는 않지만, 풍모만큼은 화림동 계곡 여느 정자 못지않다. 계곡에 놓여 있는 너럭바위를 자연 그대로 활용하여 건물을 세웠기에 여느 건물들과는 모습이 다르다.

정면이 아니라 옆면 2칸이 계곡을 보고 있어서 마루 위에 앉은 누구 하나 계곡을 등지지 않고 풍경을 마음껏 즐길 수 있다. 그 누구도 예외 없이 계곡 절경을 즐길 수 있도록 배려하려는 마음일 수 있겠다는 생각이 들기도 한다. 강물 건너편 영귀대 절벽 풍경이 시원하게 푸르다.

기둥들은 바위 위에 초석도 없이 울퉁불퉁 서 있다. 마치 아름드리나무들이 수백 년 동안 바위를 뚫고 자라며 솟아오른 듯하다. 굵은 기둥들은 옹이마저 그대로인 것이, 살아있는 나무 위에 건물이 올라앉은 느낌이다. 여느 목조 건물에 비해 기둥 간의 간격이 다소 가까워서 장정들이 나란히 서서 튼실한 다리로 버티고 있는 것 같기도 하다. 계곡 속에 놓여 있는 자연 그대로의 바위 위에 딱 어울리는 건물이다.

마루를 받치고 있는 기둥들은 건물 크기와 높이에 비해 그리 높지 않아 강물 풍경과 맞은편 절벽의 절경을 눈높이에서 즐길 수 있다. 지붕을 받치고 있는 기둥들에 비해 바닥에서 마루를 받치는 기둥들이 훨씬 짧은 것은 아름다운 자연 앞에 겸손하게 자세를 낮추려는 마음을 보여주는 듯하다.

대개 정자의 이름이 적힌 현판은 정면 처마 밑에 걸려 있다. 그러나 군자정의 현판은 건물 오른편 마루로 오르는 계단 이마에 걸려 있다. 그러다 보니 어디가 정면이고 어디가 옆면인지 잘 구분되지 않는다. 어디가 앞이고 어디가 옆인들 무엇이 그리 중요하겠는가. 현판 글씨는 1802년 안의현감으로 부임한 윤수정(1756~?)이 썼으며 화려하거나 웅장하지 않고 단정하고 깔끔하다.

마루 위에 가득한 군자송

조선시대 선비들이 학문을 쉬지 않은 이유 중 하나는 군자의 길을 가고자 함이었을 것이다. 조선 선비들에게 군자는 꼭 도달하고 싶으나 쉽게 도달할 수 없는 경지였을지도 모른다.

『논어』에서 군자는 이익에 밝은 소인과 달리 의로움에 밝다고 하였다. 또한 군자는 근심하지 않으며 미혹되지도 않고, 두려워하지도 않는다고 하였다. 그러하기에 군자가 따라야 할 세 가지 도가 있다. 행동할 때는 사나움과 거만함을 피해야 하고, 사람은 신뢰로 마주하고, 천박하고 도리에 어긋난 말은 삼가야 한다. 군자는 내면과 행동이 완벽하게 조화로

건물 오른편, 마루로 오르는 계단 이마에 현판이 걸려 있는 군자정

운 사람이며 항상 평화롭다. 주자학을 정립한 중국 송나라의 유학자 주희(1130~1200)는 아래와 같이 군자를 노래했다.

지팡이 짚고 한수에 젖어 들어
옷깃 헤치며 저녁 바람 맞서네
수많은 군자 만나니
나를 위해 염옹을 설명하네[17]

여기서 염옹은 송나라의 주돈이(1017~1073)를 가리킨다. 주돈이는 『애련설』에서 도연명(365~427)은 국화를 좋아하고 당나라 사람들은 모란을 좋아하지만 자신은 연꽃을 좋아한다고 하였다. 국화는 은자이고, 모란은 부귀한 자이고, 연꽃은 군자이기 때문이다.[18]

연꽃은 진흙 속에서 나왔지만 오염되지 않았으며, 맑고 잔잔한 물에 씻겨도 요염하지 않다. 줄기의 속은 비었지만 겉은 곧고, 넝쿨도 뻗지 않고 가지도 없다. 향기는 멀수록 더욱 맑고, 꼿꼿하고 깨끗하게 서 있으니 멀리서 바라볼 수는 있어도 만만하게 다룰 수가 없다.[19] 이에 군자를 연꽃에 비유한 것이다.

전세걸은 이러한 뜻을 정자에 담고자 「주부자군자시」를 써서 정자 마루에 걸었다. 주자가 주돈이를 기려 군자정이라 이름 지었듯이 전세걸은 정여창을 기려 군자정이라 이름 지었다.

누마루에 올라 천장을 둘러보면 건물을 세운 해 전세걸과 전세택이 쓴 시를 비롯해 수많은 편액이 눈에 들어온다. 현판 글씨를 쓰기도 한 윤수정이 정자를 세운 이듬해 봄에 지은 칠언 율시 시판도 있다.

정자 앞에 흐르는 물결 푸르게 빛나고
정자 아래 바위는 백옥같은 술상이로다
맑고 외로운 초승달에 취해
낭랑하게 신선의 시를 읊는다
바위에 핀 꽃은 꿈에 본 신선들의 미소
산에서 떨어진 나뭇잎들은 물길 위에 띄운 술잔
타고 온 말들은 꽃길 사이 어슬렁거리고
새봄 숲속에서 선비는 서쪽 전장에 누웠네[20]

조선 후기 대사헌 등을 지낸 송래희(1791~1867)가 1830년 초가을에 지은 시 편액도 걸려 있다. 그는 이곳에 들렀다가 강물 속 바위 위에 서 있는 건물이 전하는 의미를 생각하며 시 한 수를 남겼다.

작은 정자 물가에 지었으니
여유로운 발걸음 풍광에 젖네
세상과는 멀어도 학문이 있으니
처마에는 희옹을 우러른다 적었네[21]

유배지에서 끝내 돌아오지 못한 학자의 꿈

경남 함양이 경북 안동과 함께 영남 사림 고장으로 손꼽히는 데는 정여창의 영향이 크다. 정여창은 1450년 경남 함양 개평마을에서 집안의 장남으로 태어났다. 아버지가 별세하고 고향에서 학문을 익히던 그는 당시 함양군수였던 김종직을 찾아가 제자가 되었다. 이후 모친상을 치른 정여창은 두류산(지금의 지리산)으로 들어가 3년 동안 공부에 힘을 쏟고, 스승 김종직을 찾아 서울로 올라가 가르침을 이어 받았다.

정여창의 호 일두一蠹는 중국 송나라의 정이천(1033~1107)이 쓴 '하늘과 땅 사이 한 마리 좀벌레天地間一蠹'라는 시 구절에서 가져왔다. 농부는 무더위에도 땀 흘려 일하고, 장인은 연장을 만들고, 군인은 차가운 바람에도 전장을 지키고 있기에 편히 지낼 수 있는데 정작 자신은 세상에 도움 되지 못하고 무위도식하고 있으니 좀벌레와 다르지 않고 무엇인가 하는 의미에서 그렇게 지었다고 한다.

1490년 나이 마흔이 넘어 문과 별시에 합격한 정여창은 연산군과 좋지 못한 인연의 고리를 맺었다. 결국 1498년 무오사화가 일어나자 그는 연산군에 의해 함경도 종성으로 유배되었다. 유배지까지 가는 도중 종성의 안령이라는 고개에 이른 정여창은 마치 자신의 앞날을 예측이라도 하듯 「안령대풍」이라는 시 한 수를 지었다.

바람을 기다려도 바람은 오지 않고
뜬 구름만 푸른 하늘을 잔뜩 가리었네
어느 날에야 서늘한 회오리바람 일어나
온갖 그늘 쓸어내고 다시 하늘 보려나[22]

구름 걷힌 푸른 하늘을 보고 싶어 했던 그의 바람은 안타깝게도 이루어지지 못했다. 정여창은 유배 생활 7년 만에 55세의 나이로 세상을 떠났다. 더욱 불운하게도 같은 해 9월 발발한 갑자사화로 인해 그는 부관참시의 고통까지 겪었다. 두 번의 사화를 거치며 그의 수많은 저서들도 불태워졌다.

정여창의 증손 정수민(1577~1658)이 선조가 남긴 글의 흔적들을 수집하고 편집하여 1635년 간행한 『문헌공실기』가 전해져 온다.

빼앗긴 나라를 되찾으려는 결기로 이어 내려온 군자정신

군자정 마루 위에 시를 한 수 남기기도 한 송래희는 군자정 옆 바위에 삼강동三綱洞이라는 글자를 새겼다. 삼대에 걸쳐서 삼강행실이 깃든 마을을 기억하기 위해서였다. 전우석은 조선 영조 시절 정희량의 반란 때 공을 세워 충을 다하였고, 그의 아들 전택인은 지극한 효를 실천하였으며, 손자며느리 분성 허씨는 일찍 세상을 뜬 남편에 대한 부부의 정열을 다하였다. 이 바위는 2016년 군자정 뒤 옛 봉천초등학교 마당 언저리로 옮겨 보존하고 있다. 최근에는 운동장 동쪽 편에 삼강정을 세워 이들의 이야기를 다시 기억하고 있다.

이 마을 출신인 전성범(1870~1911)은 1906년 최익현(1833~1906)이 의병을 일으킬 때 동참하였다. 그는 순창, 거창, 금산, 영동, 안의 등지에서 일본군에 맞서 전투를 벌였으며, 일본군에 체포되어 옥사하였다. 그의 부인 하동 정씨도 일본 경찰의 고문에 목숨을 잃었다. 대한민국은 그가 조국의 독립을 위해 목숨을 바친 지 80년이 지난 1990년에 건국훈장을 추서하였으며, 그가 사용한 화승총은 독립기념관에 보관되어 있다.

2019년에는 전우석의 8세손인 전재식(1898~1945)이 독립유공자로 표창되기도 하였다. 그는 1919년 3월 31일 안의 장날에 일어난 독립만세운동을 주도하여 체포된 후 진주형무소에서 고문 및 옥고를 치렀다. 그는 이때의 후유증으로 나라가 해방되기 2개월 전인 1945년 6월 세상을 떠났다.

학문을 연마하는 자의 도리를 다하라는 선조들의 가르침은 이렇게 이어졌다. 선조들의 도리를 기억하는 것 역시 뒤따르는 자의 도리를 다하는 길이다.

찾아가는 길

소재지 경상남도 함양군 서하면 육십령로 2590 (봉전리)
문화재 지정 경상남도 문화재자료 제380호 (2005년 10월 13일)

군자정은 통영대전고속도로를 이용하여 편리하게 찾아갈 수 있다. 통영대전고속도로 서상나들목으로 나오자마자 남강을 가로지르는 다리를 건너면 삼거리를 만난다. 이곳에서 우회전하여 이십 리 남짓 가면 군자정에 다다른다. 고속도로 나들목에서부터 군자정까지 이어지는 26번 국도는 오른편으로 남강을 끼고 맑고 푸른 강물과 함께 굽이굽이 흘러가는 한가로운 길이다.

남덕유산에서 시작한 강물이 좌우로 천 미터가 넘는 수많은 산자락 사이 계곡을 흘러가기에 산과 물이 만드는 아름다운 풍경을 즐기며 지날 수 있는 길이다. 군자정을 향하는 오른편으로는 백운산, 감투산, 대봉산 등이 우뚝 솟아 있다. 왼편으로는 거망산, 황석산이 덕유산의 기세를 품고 남으로 뻗어 있다. 고산 준봉을 가르고 흐르는 남강의 운치에 빠져 있다 보면 금세 군자정이 있는 봉전마을에 닿을 수 있다.

6

비단결 물결 위에 세워진 정자, 거연정 居然亭

눈앞에 천계를 마주하고 보니

산천은 오랜 정을 간직하고 있구나

그윽한 계곡 사이 활짝 트인 곳에

시원한 물가에서 겸손되어 시를 짓는다

경남 함양 봉전마을 앞을 흐르는 남강 푸른 물은 집채만 한 바위 사이를 흘러내린다. 사람들은 이 일대를 안의삼동 화림동 계곡이라 부른다. 맑은 물길 한가운데, 울퉁불퉁한 바위 위에 건물 하나가 멋스럽게 자리 잡고 있다. 바로 거연정居然亭이다.

화림동 계곡은 수많은 함양 지역 선비들이 유람하며 학문을 연마하고 친교를 나누던 중심지였다. 물속으로 젖어드는 것이면 무엇이든 품어 흐르는 계곡 물을 바라보며 조선 선비들이 군자의 도리를 생각하던 공간이다. 물살은 부딪히고 꺾어지고 부서지면서도 끝내 흘러 흘러간다. 바위에 부딪혀 돌아 흐르는 청명한 계곡을 보고 있노라면 세상 근심을 금세 잊을 수 있다.

청정산수를 유람한 선비들은 앞다투어 넘치는 감흥을 기록으로 남겼다. 경남 산청 출신인 박래오(1713~1785)는 1765년 이 일대를 유람하고 맑고 푸른 기운 가득한 자연에서 어짊과 지혜를 배웠다고 고백했다. 안의현감으로 부임했던 박지원이 이곳의 아름다움에 감탄하며, "한양 사람들이 무더운 여름날에 화림동 계곡에 발 담그고 탁족 한번 해보는 것이 소원이라고 하더니 정말 그렇다"라고 증언하기도 했다. 자연을 음풍하고 학문을 닦으면서, 흠모하는 군자의 길을 연마하기에 화림동천만한 데가 없었을 듯하다.

팔담팔정 요산요수의 백미, 거연정

남강은 소백산맥 고개 마루에서부터 이리저리 구불구불 영남 땅을 가로질러 흐른다. 강물은 수천 년 동안 주변의 바위를 깎고 패어 암반 위 여기저기에 다양한 크기의 웅덩이를 만들어 두었다. 강물이 불어날 때면 바위 속 웅덩이에 남강 맑은 물이 가득 차는데, 밝은 햇살이 이를 비추면 마치 계곡을 따라 수많은 옥빛 거울을 흩뿌려 놓은 듯하다.

바위에 부딪힌 물줄기가 거울 속으로 풍덩 쏟아지면 그 속에 비치던 낙락장송과 푸른 구름들은 금세 어디론가 사라져 버린다. 물웅덩이 표면이 잠잠해지면 사라졌던 푸른 소나무와 구름이 어느새 다시 나타나 바위 위 거울 속에 자리 잡는다. 화림동 계곡을 흐르는 강물이 하루에도 몇 번씩 펼치는 요술이다.

조선시대 선비들이라면 누구나 한번쯤 유람하기를 바랐던 절경지답게, 화림동 계곡 따라 정자들이 줄지어 자리하고 있다. 정자들은 암반 위를 수놓은 옥빛 물웅덩이들과 계곡 풍광에 한 치의 흐트러짐도 없이 어울려 아름다움을 더한다. 임헌회(1811~1876)는 「거연정기」에서 "안의삼동은 영남에서 경치가 가장 빼어난 곳이며 화림동이 그 중 최고이다. 그리고 화림동에 세워진 거연정은 단연 으뜸이다"라고 하였다.

『논어』「옹야」편에서 공자는 "지혜로운 사람은 물을 좋아하고 어진 사람은 산을 좋아한다. 지혜로운 사람은 동적이며 어진 사람은 정적이다. 지혜로운 사람은 즐겁게 살고 어진 사람은 오래 산다"[22]라고 말한다. 『설원』에서도 군자는 물을 즐긴다고 하였다. 물은 군자가 가져야할 덕德, 인仁, 의義, 지智, 용勇, 찰察, 정貞, 선화善化, 정正, 도度, 의意 등의 성품을 모두 가지고 있기 때문이라고 하였다.

화림동 계곡은 육십령 고개 너머 한양으로 올라가는 길목이다. 과거시험을 보러 가는 영남 우도 선비들이라면 누구나 거쳐 갔다. 그들은 거연정 마루 위에 올라 앉아 팍팍한 흙길을 한참 걸어오느라 지친 몸에 잠시나마 쉴 틈을 주었을 것이다. 정자 기둥 사이로 불어오는 녹색 향기 충만한 강바람에 피로를 날리며, 관직으로 나아가고자 학문을 닦았던 자신의 발자취를 돌아보기도 하였을 것이다.

거연정 마루에 올라 군자의 품격을 갖추기 위해 학문을 다졌을 그 시절 선비의 모습을 그려 본다. 정자 마루 아래를 뚫고 흐르는 옥빛 남강 물을 바라보며, 어느 물길이 덕스러움이고 어느 물길이 인자함이며 어느 구비가 용기인지 생각해 본다. 고개 들어 병풍처럼 둘러 있는 고산 준봉을 올려다보면서는 이 세상 모든 생명을 보듬어 안고도 싫증 하나 내지 않는 산자락의 위엄을 느껴 본다.

거연정

초목 속에 자연스럽게 머무는 삶의 표본, 거연정

경남 함양 봉전마을은 황석산이 남쪽으로 흘러내린 끝자락에 자리한다. 이 마을 앞 계곡에 거연정을 처음 세운 이는 전시서(?~?)◆이다. 1640년경 서산서원을 지을 때, 그 곁에 억새로 작은 건물 하나를 세운 것이 거연정의 시작이다.

서산서원은 1853년 불에 타고, 그다음 해 다시 세웠으나 흥선대원군의 서원철폐령으로 또 다시 사라졌다. 1872년 전재학을 비롯한 전시서의 후손들이 억새로 된 정자를 철거하고 그 자리에 서산서원의 재목으로 건물을 다시 세운 것이 지금의 거연정이다.

정자 이름을 거연정이라 한 이유는 전재학이 쓴 「거연정기」에서 찾아볼 수 있다. 그는 주자가 쓴 「무이정사잡영」 12수 중 첫 시 「정사精舍」의 한 구절에서 이름을 따왔다고 한다. 이 시는 주자가 무이산에 들어가 무이정사를 짓고 살면서 일대 풍광과 정취를 노래한 작품이다. 주자는 속세의 먼지를 벗으려고 수십 년 노력했으나 산 속에 오두막 한 채 짓고 자연과 한 몸이 되어 살게 되니 금세 그 꿈이 이루어졌다고 했다.

거문고와 책 벗 삼은 지 어언 사십 년
몇 번이나 산중 사람 되려 하였던가
어느 날 초가 한 채 지으니
나와 샘과 돌이 이렇게 함께 살게 되는 것을[23]

◆ 정선 정씨 채미헌採薇軒 전오륜全五倫(?~?)의 8대손

『주역』에서는 “자연의 물과 돌에 거처하며 속세의 먼지를 밟지 않으니 아름답게 물러나는 삶의 의미가 진진하다”[24]고 했다. ‘거연’이란 살아가기 위해 아등바등 힘쓰는 것이 아니라 그냥 그렇게 머물러 있다는 의미가 아닐까. 거연정은 아름다운 자연 속에 비바람 피할 집 한 칸 있으니 그 아래 머물고 싶은 마음의 표현이다. 그러다 보면 정자 아래 흐르는 물길도, 계곡 주위의 푸른 소나무도, 햇빛에 빛나는 흰 바위도, 모두 나와 하나가 될 수 있는 친구들이다.

정자 마루 위에 가득한 맑은 물과 푸른 숲

거연정은 평평한 너럭바위 위에 세워진 건물이 아니다. 계곡 속 바위를 깎지도 다듬지도 않고 울퉁불퉁한 상태 그대로 둔 채 그 위에 올라앉아 있다. 건물은 하나의 조각품처럼 뾰족한 바위 위에 절묘하게 균형을 잡고 있다. 흐르는 푸른 물과 천 가지 모양의 바위들, 주변을 두른 푸른 소나무들도 함께 어울려 완성한 예술 작품 같다.

거연정은 정면 3칸과 측면 2칸으로 이루어진 중층 누각 형태이다. 건물은 해가 떠오르는 동쪽을 바라본다. 삐죽삐죽 바위 위에 세워진 건물이기에 정자를 받치고 있는 기둥 역시 제각각이다. 정자를 받치는 열 두 개의 기둥 중에 어떤 것은 주춧돌 위에 세워져 있고, 어떤 것은 주춧돌도 없이 바위 모서리에 그대로 자리하고 있다. 기둥의 길이와 굵기도 다양하다. 마치 키가 다른 열두 명의 건장한 장정들이 바위 위에 올라서서 정자를 떠받치고 있는 느낌이다. 건물 바깥 기둥들은 둥근 모양인 반면 방의 네 귀퉁이를 받치는 기둥들은 각진 사각형이다.

거연정은 마루 가운데에 방 한 칸을 마련해두었다. 방안에서도 언제든 사방으로 펼쳐지는 풍광을 즐길 수 있도록 삼면에 문을 단 흔적이 있다. 지금은 문이 달려 있지 않아서 문을 여는 수고를 하지 않아도 자연이 방문턱을 넘어 가득 밀려들어온다.

마루 둘레 사면에는 기둥에서 바깥으로 약 한 자 정도를 내어 계자난간을 둘러놓았다. 난간에는 연꽃무늬가 새겨져 있다. 신발 벗고 정자 마루에 올라앉으면 이곳이 바로 옥빛 물 위에 떠 있는 신선 세계 같다. 계자난간에 살며시 기대어 계곡을 바라보면 눈과 귀와 코를 통하여 전해지는 세계가 인간 세상의 그것이 아니다. 푸른 물소리, 초목의 맑은 향기, 그 위를 비추는 밝은 빛까지 가득하니 거연정 마루 위가 군자 세계가 아니면 무엇이겠는가.

건물 지붕을 받치고 있는 대들보는 건물을 떠받치고 있는 기둥보다 좀 더 굵어 보인다. 그 때문인지 마루에 올라앉아 있으면 건물이 튼실하게 느껴진다. 자연과 하나 되어 서 있는 건물답게 기둥과 서까래 어디에도 단청 하나 없다. 남강 푸른 물이 흐르는 한가운데 놓여 있는 자연 암반 위에 서 있는 건물로는 제격이다.

계곡물이 만들어 준 절경을 털끝 하나 건드리지 않고 서 있는 거연정은 스스로 아름다운 자연의 일부가 되었다. 방문 밖으로 사방에 펼쳐진 풍경 또한 건물과 하나가 되었다. 우아한 날개처럼 늘어뜨린 소나무 가지, 그들과 이웃하여 계곡을 가득 채우고 있는 별별 자태의 바위들, 그 사이를 휘감

화림동계곡 방화수류천 푸른 물

아 도는 물길은 어떤 화가의 붓으로도 화폭에 표현하기 어려울 것 같다. 정자 마루 밑을 흐르는 물소리마저 아름다운 선율을 연주한다.

마루 위에 걸려 있는 거연정 현판의 글자는 마치 정자 마루에 앉아 밝은 미소를 머금고 즐거운 한때를 보내는 여섯 선비를 보는 듯하다. 한 명은 거문고를 타고, 그 장단에 맞춰 한 명은 노래를 부른다. 시를 짓고 있는 한 선비 옆에서는 두 사람이 바둑을 즐기고 있다. 이들을 내려다보는 정자 주인 얼굴에는 행복한 표정이 가득하다.

꽃 피고 물 흐르는 풍경 속에서 건물은 자연이 되고

거연정은 푸른 강물 위를 가로지르는 다리를 건너서 갈 수 있다. 도로에서 살짝 비껴 있는 경사면을 따라 아름드리나무 사잇길을 걸어 내려가면 오래지 않아 물 가운데 우아하게 서 있는 건물이 불쑥 눈앞으로 다가온다. 오랜 시간 그리던 임께서 사립문을 열고 안마당으로 쑥 들어오는 기분에 순간 심장이 멎는 것 같다. 내처 건물로 바로 다가가려는 생각도 못하고 멀찍이 강물 건너 언덕에서 바라본다. 거연정은 인간이 아닌 누군가가 자연 속에 설치한 걸작처럼 보인다.

한참을 그렇게 넋 놓고 바라보다 정자까지 이어진 다리로 다가간다. 거연정으로 가는 유일한 통로인 화림교는 그리 길지 않은 무지개다리이다. 풍진 가득한 인간 세상에서 군자의 도리 가득한 세계로 들어가는 다리 밑에는 방화수류천이 흐르고 있다. 다리 위에서 내려다 본 물길은 깊고 푸르

거연정으로 이어지는 무지개다리와 방수천 각자

다. 정자 마루 남쪽, 물길 맞은편에 우뚝 서 있는 깎아지른 절벽에는 방수천訪隨川이라고 새겨져 있는데, 방화수류천을 줄인 말이다. 절벽 밑에는 맑은 물속 황금빛 모래알과 그 사이를 유유히 노니는 물고기들의 평화로운 세상이 가득하다. 흐르지 않는 듯 흐르는 물속에 몸과 마음 구석구석에 가득 낀 욕심일랑 다 던져두고 건너오라고 거연정이 손짓한다.

계곡 주변으로는 품격 있는 자태의 노송들이 서있다. 마치 상체를 지긋이 굽혀 공손한 자세로 건물 시중을 드는 듯하다. 계곡 여기저기 삼삼오오 모인 노송들도 정자 마루에 올라앉은 이들과 함께 화림동 계곡을 즐기고 있는 것 같기도 하다. 노송들은 햇빛을 받아 희게 빛나는 크고 작은 바위들을 내려다본다. 그러다가 바람결에 고개를 들고서는 계곡 속에 건물 하나 세워놓고 아름다운 자연에 어쩔 줄 몰라 하는 사람들에게 빙긋이 웃어 보이는 듯하다.

정자 마루에 남겨진 우국지정

거연정의 마루 위에는 송병선(1836~1905)과 송병순(1839~1912) 사촌 형제가 거연정을 노래한 시판이 걸려 있다. 조선 말 최고의 유학자로 꼽히기도 하는 송병선은 1899년 3월 봄날에 안의삼동 일대를 유람했다. 이후 「거연정중수기」를 적기도 한 그는 거연정에 들러 "환갑이 지난 노구를 이끌고 거연정에 오르니 신선 세계에 들어온 것 같다"고 노래하였다.

나이 늙어도 오히려 흥은 넘쳐
좋은 계절에 문득 오게 되었네
이름난 곳 삼동 땅에는
전씨 집안 백 년 된 정자 있네
눈앞에 천계를 마주하고 보니
산천은 오랜 정을 간직하고 있구나
그윽한 계곡 사이 활짝 트인 곳에
시원한 물가에서 겸손되어 시를 짓는다[25]

송병선의 사촌동생인 송병순도 거연정을 노래하며 시 한 수를 지었다. 그는 수차례에 걸친 고종의 관직 임명에도 응하지 않고 제자를 가르치며 학문에 전념했던 유학자이다.

떠돌다 화림동으로 젖어 드니
곱고 투명한 그림 속을 가는 듯하구나
온 천지 경치는 빼어나고
이름난 정자마저 품고 있구나
이제야 알겠구나 산중의 즐거움을
초연한 속세 밖의 정이었구나
무이의 시구로써
여유롭게 물가에서 즐겨 읊는다[26]

1905년에는 을사늑약이 강제로 체결되었다. 송병선은 을사늑약 반대운동을 전개하다 을사오적을 처형하고, 을사조약을 파기하며, 의로써 궐기하여 국권을 회복할 것을 호소하는 유서를 남기고 자결하였다. 송병순 역시 을사늑약 체결 이후 「토오적문」을 지어 전국 유림에게 궐기를 호소하고, 1910년 경술국치 후에는 일제를 규탄하는 유서를 작성하고 음독 자결하였다. 훗날 독립한 나라는 두 사람에게 건국훈장 독립장을 추서하였다. 거연정에 남은 시판을 보며 그들의 우국지정을 돌이켜 본다.

삼백 년 이어진 왜적에 맞선 의로운 전투, 황석산성

거연정 마루 위에 걸린 우국지사의 시 구절 너머 북쪽으로 황석산이 우뚝 솟아 있다. 찬 겨울 북풍을 막아주는 산 정상에는 깎아지른 절벽과 가파른 산등성이를 이용하여 세워진 황석산성이 천년 세월을 버티고 있다. 황석산성은 삼국시대에 신라와 백제의 험준한 국경지대에 세워진 성이다. 1597년 일본이 침략한 정유재란 때는 가토 기요마사가 이끈 일본군 주력부대 수만 명과 맞서 치열한 전투가 벌어진 곳이기도 하다.

황석산성은 일본 침략군이 내륙으로 진출하기 위해서 반드시 지나가야 하는 요충지였다. 조종도(1537~1597)와 곽준(1551~1597)은 함양, 거창, 합천, 초계 등 인근 고을에서 의병을 모으고 지역민들과 합심하여 황석산성을 지키고자 맹렬하게 싸웠다. 양반, 평민, 노비 구별 없이 인근 고을의 주민 수천 명이 하나 되어 나라 지키려는 일념으로 맞섰으나 끝내 성은 함락당하고 말았다. 조종도와 곽준도 이 전투에서 전사하였다. 산성이 함락되자 성안에 있던 수많은 사람들이 절벽 아래로 목숨을 던졌다는 이야기도 전해진다. 다음은 조종도와 곽준이 각각 황석산성으로 들어가기 전 결기를 다지며 쓴 시 구절이다.

공동산 밖에 사는 것도 행복하겠지만
장순과 허원처럼 성을 지키다 죽는 것 또한 영광이리라[27]

묘당에서 평상시에 학문을 연마하는 이들 중에
오늘 남자답게 죽을 사람 몇 있을까
온 천지에 피비린내 가득하니
서로 격려하며 인을 세우기로 맹세하네[28]

황석산성 전투 이야기는 박명부(1571~1639)가 쓴 『황석산성실적』에도 기록되어 있다. 지금도 함양 지역민들은 매년 음력 8월 18일을 기일로 정해 당시 목숨을 잃은 구국의 혼들을 위한 추모 행사를 열고 있다. 나라를 지키려고 노력한 자의 이야기는 수백 년이 지나도 잊히지 않고 기억된다.

찾아가는 길

소재지 경상남도 함양군 서하면 육십령로 2590 (봉전리 2006번지)

문화재 지정 거연정 | 경상남도 유형문화재 제433호 (2005년 10월 13일)
거연정 일원 | 명승 제86호 (2012년 2월 8일)
황석산성 | 사적 제322호 (1987년 9월 18일)

거연정은 통영대전고속도로를 이용하여 편리하게 찾아갈 수 있다. 통영대전고속도로 서상 나들목으로 나오자마자 남강을 가로지르는 다리를 건너면 삼거리를 만난다. 이곳에서 우회전하여 26번 국도를 따라 8km 남짓 달려가면 된다.

26번 국도는 오른쪽에 흐르는 남강과 함께 굽이굽이 흘러가는 길이다. 남강은 좌우로 천 미터가 넘는 수많은 산자락 사이를 지나며 아름다운 풍경을 연출한다. 거연정까지 가는 도로 오른편으로는 백운산, 감투산, 대봉산이 우뚝 솟아 있고 왼편으로는 거망산, 황석산이 덕유산의 기세를 품고 남으로 뻗어 있다. 고산 준봉을 가르며 흐르는 남강의 운치에 빠져 있다 보면 어느새 거연정이 자리 잡고 있는 마을에 닿는다.

유유히 흐르는 남강을 따라 즐비하게 서 있는 고산준령의 허리를 자르고 옆구리를 파헤쳐 고속도로를 만들었다. 화림동 계곡 정자 마루에서 사방 자연의 아름다움을 감상하려 치면 어김없이 고속도로가 시선에 들어온다. 편리를 위해서는 어쩔 수 없다지만 수천 년 이어 온 자연과 사람과 문화가 있는 이곳을 조금이나마 비껴가려는 배려나 관심이 부족한 듯 하여 아쉬울 따름이다.

7

두 학자의 우정이 서린 정자,

황강정 黃江亭

길가 풀은 이름 없이 죽어가고

산위 구름은 자유로이 생기는구나

강물은 끝없는 한을 흘려보내며

돌부리 굳이 다투려 하지 않네

황강은 소백산맥 기운을 넉넉하게 품고 경남 서부를 가로지르는 맑은 물길이다. 물줄기는 남쪽으로 칠십 리를 흘러 아림(경남 거창의 옛 이름)을 지나 황매산 자락에 부딪힌다. 그리고 합천댐에 잠시 머물러 숨을 고르고는 동쪽으로 방향을 틀어 이백여 리를 더 흘러 낙동강에 안겨든다. 황강은 태백산에서 출발하여 근 천 리 길을 달려오느라 오염되고 탁해진 낙동강 물에 새로운 활력을 불어넣는 고마운 물길이다.

황강은 낙동강과 한 몸이 되기 전에 위천과 가천천을 가슴에 품는다. 황강의 전체 길이는 근 삼백 리에 이르고, 대지를 일구며 아름다운 문화를 꽃피웠던 가야 백성의 삶과 이야기가 그득하다.

황강정黃江亭은 황강 물줄기가 낙동강에 닿기 삼십 리 전, 강가 절벽 위에 자리 잡고 있다. 정자 앞에는 푸른 강물이 유유히 흐르고 정자 맞은편 강 건너에는 단봉산이 적당한 높이로 솟아 있다. 그 너머로는 지리산 자락 봉우리들이 저 멀리 구름 너머로 아스라이 펼쳐 있다.

강과 강이 만나 어우러진 곳에 줄지어 선 나루터

삼백 리 골골이 흘러온 황강과 천 리 길을 흘러온 낙동강이 서로 만나는 일대에는 예전에 수많은 나루가 줄지어 자리 잡고 있었다. 황강 북편의 외삼학리에는 삼학나루가 있었다. 외삼학나루라고도 불린 이곳은 조선 시대 진주병영과 대구감영을 연결하는 중요한 통로였다. 1980년대까지도 이곳 주민들은 보리와 나락으로 뱃삯을 치르며 강 건너 옥야장터를 다녔다. 1929년부터 열린 옥야장은 김해 명지에서 낙동강을 거슬러 올라오는 소금배를 기다리는 장꾼들로 늘 북적이고는 했다.

그 아래쪽으로는 황강 강어귀에서 강마을 사람들을 남북으로 건너 주던 마정나루가 있었다. 마정나루에서 바람재라는 고개를 넘어가면 적포리가 나온다. 남북으로 장대하게 흐르는 낙동강을 따라 상적포, 중적포, 하적포 마을이 1km 간격으로 떨어져 있는데 하적포 마을에는 적포나루가 있었다. 이곳은 사람들이 낙동강을 오르내리는 짐과 양곡을 산처럼 쌓아두고는 도방나루라고도 불렀으며 5일마다 나룻장이 서기도 하였다.

건너편 창녕에는 등림골 초입 강가에 등림나루가 있었다. 등림나루 앞에는 낙동강으로 흘러드는 황강이 수백 리를 실어 나른 모래벌이 넓게 펼쳐 있다. 그 아래쪽으로는 현창나루가 있었는데, 『세종실록지리지』와 『신증동국여지승람』 등에 자주 나오는 감물창진과 현창진이 현창나루의 다른 이름이다.

홍수 때면 불어난 강물에 나루터가 잠겨버리기 일쑤였으며 그때마다 이웃 마을로 오고가기 불편하기 짝이 없었다. 이 외에도 수많은 나루들이 있었으나 이 나루들은 이삼십 년 전부터 하나 둘 흔적 없이 사라져 버렸다. 적포교, 청덕교, 합천창녕보 등 현대 건축물이 하나 둘 세워지면서 나루터가 그 역할을 잃어버렸기 때문이다. 편리함을 좇는 욕망으로 세운 콘크리트 건축물에 밀려 강가 모래밭을 가득 채웠던 시끌벅적한 나루터 삶의 이야기는 더 이상 들리지 않는다.

위기지학을 익히는 공간, 황강정

황강은 덕유산, 가야산, 황매산, 금원산 등 빼어난 풍광을 자랑하는 고산 준봉을 아우르며 흐른다. 맑은 물과 푸른 산이 조화를 부린 산수를 즐기려는 발길은 예전부터 끊이지 않았다. 아름다운 자연을 벗하여 심신을 다스렸던 이들은 황강 자락에 수많은 정자를 남겼다. 관수정觀水亭, 광암정廣巖亭, 근수정槿守亭, 법성정法聖亭, 벽한정碧寒亭, 부자정父子亭, 용문정龍門亭, 호연정浩然亭 등이 그것이다.

그중 황강정은 황강에 바짝 붙어 서 있는 벼랑 위에 올라 앉아 있다. 서쪽에서 동쪽으로 흐르는 물길은 정자 아래 바위 벼랑에 부딪혀 남쪽으로 방향을 튼다. 건물도 강물이 흐르는 방향을 따라 남쪽을 바라본다.

황강黃江은 영남 우도의 정기를 가득 품고 흐르는 강물 이름인 동시에 이희안李希顔(1504~1559)의 호이기도 하다. 이희안은 영남 우도의 학문 전통을 세운 조식의 절친한 친구이다. 황강정은 이희안이 27세 되던 1531년 8월에 학문을 닦고자 지은 건물에서 비롯되었다.

황강정을 찾아가면 비석 하나가 먼저 내려와 손님을 맞이한다. 강가 언덕 위 자연석 축대 앞에 세워져 있는 '남명선생시비'가 그것이다. 이희안의 절친한 친구였던 조식이 황강정을 노래한 시 한 수가 새겨져 있다.

강 위로 제비 어지러이 날고 비 묻어오는데
보리 누렇게 익어 누렁 송아지 분간할 수 없네
접때부터 손의 마음은 아무런 까닭도 없이
외로운 기러기 되었다가 또 구름 되기도 한다네[29]

돌계단을 딛고 바위 벼랑 위로 올라가면 팔작지붕 건물 두 채가 남북으로 나란히 서 있다. 강물에 바짝 붙어 있는 건물은 관수정이고, 구릉에 조금 더 높게 올라앉은 건물이 황강정이다. 관수정은 이희안의 7세손 이봉서가 학문을 가르치던 곳이다. 관수정을 왼편으로 돌아 뒷담 모퉁이에 나 있는 돌계단을 올라가면 황강정으로 들어가는 문이 나온다. 고개를 들어보면 대문 위에 망도문望道門이라고 쓰여 있다. 글씨는 강물을 바라보고 팔을 휘저으며 산책하는 선비의 모습을 그린 듯하다.

대문을 열고 마당으로 들어서서 바라 본 건물은 마당에서 그리 높지 않은 단 위에 자리하고 있다. 크지 않은 자연석으로 쌓은 축대 위에 정면 4칸, 측면 2칸 규모의 팔작지붕 건물이 세워져 있다. 여느 정자 건물들과 달리 축대 아래 가운데, 왼편, 오른편 세 군데에 돌계단이 만들어져 있다. 서원 건물처럼 만들어 둔 것인데, 이곳에 오를 때마다 도를 구하는 마음을 다잡으려는 표현이 아닐까 생각해본다.

기둥과 기둥 사이가 그리 넓지 않은 건물 가운데에는 두 칸짜리 마루가

황강정

있다. 양 옆으로는 크지 않은 방이 한 칸씩 마련되어 있고 그 앞으로도 좁은 마루가 갖추어져 있다. 마루 위에는 노상직◆이 쓴 「중수기문」이 걸려 있다. 황강정 현판이 가운데 오른쪽에 걸려 있으며 그 외에도 각 방 앞에 현판이 걸려있다.

현판들은 건물 주인이 이곳에서 무슨 생각으로 마음을 닦고 학문을 연마했는지 알려준다. 마루 위 왼편 방에는 비해재匪懈齋라고 적혀 있는데, 이는 『시경』에 나오는 "밝고 어질게 자기 몸을 보전하고 아침부터 밤까지 한 사람을 섬긴다[30]"는 구절에서 빌린 것이다. 또 마루 위 오른쪽 방에는 거경당居敬堂이라고 적혀 있는데, '학문을 익힘에 있어 마음을 경건하게 하여 이치를 추구한다'는 뜻인 거경궁리居敬窮理에서 따온 것이다. 이희안과 후손들이 이곳을 학문 연마의 공간으로 얼마나 소중하게 생각했는지 그 흔적이 가득하다.

학문 연마의 뜻을 망도문에 새기고

황강정으로 들어가는 망도문에는 학문 연마의 마음이 담겨 있다. 『맹자』 「이루」 편에 '망도이미지견望道而未之見'이라는 글귀가 있다. "이미 도가 매우 높은 지경임에도 불구하고 도를 구하는 자세가 마치 그것을 보지 못

◆ 노상직盧相稷(1855~1931) 강우학맥을 잇는 대학자. 1919년 파리장서에도 서명하였다. 1931년 치른 장례식에는 제자 천여 명이 모였다고 한다. 형 노상익(1849~1941)과 함께 형제가 독립유공자로 지정되었다.

한 듯하다"라는 의미이다. 한 순간도 허술함 없이 도를 연마하려는 간절함이 전해진다. 이렇게 건물을 드나드는 문에 내건 이름에서부터 이 정자를 지으며 이희안이 다진 마음을 엿볼 수 있다.

세상 이치를 탐구하던 당대 선비들이 수시로 이곳을 찾아 머물며 이희안과 더불어 밤을 밝히고 학문을 나누었다. 조식을 비롯하여 김대유(1479~1551), 성수침(1493~1564), 성운(1497~1579), 성제원(1506~1559), 신계성(1499~1562) 등이 그들이다. 이 지역 사람들은 훗날 이들을 조선의 육군자六君子라고 일컫기도 했다. 특히 이 지역 출신 후학인 정온(1569~1641)은 신계성, 이희안, 조식 이 세 사람을 영중삼고嶺中三高라 불렀다. 영남 지역에서 학문이 지극히 높은 세 학자라는 의미이다.

이들은 하나같이 벼슬길에 나가기보다는 산림에 은거하며 세상 이치를 탐구하는 삶을 더 좋아했다. 조식은 경남 김해 신어산 자락에 은거하였으며, 성운은 충청도 보은 속리산에 은거하였다. 신계성 역시 평생 벼슬을 마다하고 경남 밀양에 은거하며 학문을 즐겼다. 이들은 서로의 거처를 왕래하며 세상 이치와 사람의 도리를 탐구했다. 신계성은 친구들의 인물됨을 이야기하며 이희안은 무엇이든 할 수 있는 큰 역량을 가졌으며, 조식은 기개가 강직하고 맑은 설천한월雪天寒月의 기상을 가졌다고 했다. 친구를 향한 깊은 신뢰와 연대감이 느껴진다.

벼슬길 마다하고 정자 마루에서 학문의 길을 즐긴 황강

이희안은 1504년 3남 2녀 가운데 막내아들로 태어났다. 그의 이름을 희안希顔이라고 지은 이유는, 아이가 공자의 대표 제자 중 한 명인 안연顔淵(기원전 521~기원전 491)처럼 되기를 바라서였다. 이희안은 어릴 때부터 아버지와 두 형들로부터 학문을 배웠다. 그는 『소학』을 가장 중요하게 생각하며 공부했다. 훗날 이희안과 조식의 비문을 쓰기도 한 전치원(1527~1596)이 제자가 되고자 찾아갔을 때도 이희안의 손에는 『소학』이 들려 있었다고 한다.

조선시대 선비라면 한창 벼슬길에 마음을 두는 나이인 이십 대에 이희안은 산림에 은거하며 학문을 수련하는 길을 가기로 마음먹었다. 수없이 많은 관직이 주어졌지만 그는 학문 탐구를 간절히 바랄 뿐이었다.

이희안은 관직을 제수 받을 때마다 사양하거나, 이러저러한 이유를 들어 그 직에 오래 머물지 않고 고향으로 돌아오고는 했다. 그리고 조식을 찾아가 함께 학문을 연마하고, 황강정에 찾아오는 친구들과 학문 탐구를 즐기는 시간을 보냈다.

한번은 이희안이 고령현감을 그만두고 고향으로 돌아온 적이 있다. 이에 조식은 시 한 수를 지어 고향으로 돌아온 친구를 반겼다.

산해정에서 꿈꾸기를 몇 번이던가
황강 노인 뺨에 흰 눈이 가득하네

황강정 아래 강가 벼랑길

반평생 세 번이나 조정에 나갔으나
임금 얼굴은 보지도 못하고 왔네.[31]

이 시는 세 번이나 벼슬길에 나갔으나 한 번도 임금을 만나지 못하고 돌아온 친구를 희롱하는 듯 보이기도 한다. 그러나 높은 학식과 경륜을 가진 친구의 가치를 알아주지 않는 세상을 탓하는 마음과 고향으로 돌아온 절친한 친구를 반기는 기쁜 마음이 숨겨져 있다.

둘도 없는 친구 남명과 황강의 흔적이 머문 정자

황강 이희안과 남명 조식은 평생 절친한 학문의 동반자였다. 조식은 황강정을 수시로 찾아왔고, 건물에는 이들의 삶과 이야기가 가득하다. 두 사람은 서로 시를 주고받고 학문을 논하며 우의를 다졌다. 『남명집』은 조식이 황강정에서 지은 시를 여럿 전한다.

길가 풀은 이름 없이 죽어가고
산위 구름은 자유로이 생기는구나
강물은 끝없는 한을 흘려보내며
돌부리 굳이 다투려 하지 않네[32]

안타깝게도 황강정에 걸려있던 조식의 시판은 2006년 6월 어느 날 밤 양상군자가 몰래 가져가 버렸다. 수백 년 전해져 오던 우정의 증표가 사라져 버린 것이다. 누군가 두 사람의 깊은 우정에 감탄한 나머지 고이고이 보관하기 위해 가져간 것이라 생각하며 안타까운 마음을 달래본다.

조식 또한 이희안처럼 벼슬길에 나가기보다 산림에 은거하며 학문 연마의 길을 걸었다. 1552년 두 사람 모두 관직에 천거되었는데 이희안은 고령현감이 되어 임지로 떠났으나 조식은 그 자리를 사양했다. 이에 당시 성균관 대사성으로 있던 이황은 조식에게 편지를 보내 지금 벼슬살이를 하는 것은 몸을 더럽히는 일도 아니고 지조가 변하는 것도 아니니 받아들이라고 했다. 그러나 조식은 끝내 벼슬길에 나가지 않고 대신 왕의 무능을 준열하게 꾸짖는 상소문을 올렸다.

조식은 과거 공부 길을 마다하고 경남 김해 신어산 자락에 산해정山海亭을 짓고 기거한 적이 있다. 산해정에는 당대 촉망 받는 젊은 학자들이 모이고는 하였다. 이희안도 김해까지 조식을 찾아가 학문을 논하였다. 이들은 벼슬길로 나아가는 학문이 아닌, 스스로를 수련하고 세상의 이치를 구하는 학문을 함께 다져 나갔다.

조식이 1558년 지리산 유람을 할 때도 이희안이 함께 했다. 40여 명의 일행이 근 보름간 이어진 산행 길을 함께 했으며 지리산 쌍계사, 청학동 등 계곡 이곳저곳을 유람하였다. 당시 쌍계사에서 조식이 음식을 잘못 먹어 힘들어했는데, 이희안이 그의 곁을 잠시도 떠나지 않으며 정성껏 살폈다고 한다.

이희안은 어머니 상을 치른 후 모친 묘비를 절친 조식에게 부탁했다. 그는 조식의 인품이 세상 사람들에게 아첨할 줄 모르니 무덤 속 사람에게도 당연히 아첨하지 않을 것이라고 했다. 친구에 대한 절대적인 믿음과 우의의 표현이었다.

이희안이 세상을 떠났을 때 조식은 친구의 큰 뜻이 세상에 실현되는 것을 직접 보지 못했음을 안타까워했다. 조식은 이희안의 장례 절차를 손수 챙겨가며 친구의 마지막 가는 길을 정성스럽게 살폈다.

찾아가는 길

소재지 경남 합천군 쌍책면 성산큰길 63-19 (성산리 540)

광주대구고속도로 고령나들목으로 나오면 삼거리가 나온다. 삼거리 앞 쌍림면 너른 들판은 온통 고령 딸기 재배지다. 이곳 삼거리에서 우회전하여 907번 지방도로를 따라 남쪽으로 약 10km를 가면 하신삼거리가 나온다. 이곳 회전교차로에서 왼쪽 도로를 따라 6km정도 가면 황강정이 있는 쌍책면이다.

쌍책버스정류소 사거리에서 서쪽으로 내촌마을 안길을 따라 강변으로 걸어 쌍책초등학교를 거치고, 마을 정원을 지나 500m 정도 걸어가면 강변 벼랑 위에 황강정이 서 있다.

이희안의 묘는 황강정 맞은편 강을 건너 단봉산 자락에 있다. 늠름한 소나무 몇 그루가 그와 벗하여 서 있다. 500년 전 조식이 짓고 제자 전치원이 적은 묘비를 볼 수 있다.

8 ○ 요산요수의 공간, 호연정 浩然亭

하얀 돌 맑은 물 알록달록 우거진 숲

의연히 돌아가 서생으로 살리라

호연정浩然亭은 경남 합천 문림리를 감싸고 흐르는 황강 강가 언덕에 자리하고 있다. 문림리 마을은 상주 주씨의 집성촌으로 예전 이름은 민갓이었다. 문림文林이라는 그럴듯한 이름을 지어준 이는 조선 제11대 임금 중종이었다. 임금이 몸소 시골 마을에 이름을 선물하기로 마음먹은 것은 이 마을 출신이었던 주세붕◆ 때문이다. 주세붕은 우리나라 최초로 서원을 세운 학자이다. 중종은 주세붕 같은 선비가 숲처럼 번성하기를 바라는 마음으로 마을에 이름을 선물하였다.

황강은 문림리 마을 언덕에서 오십여 리를 더 흘러가 낙동강을 만나 남해로 흘러간다. 이 일대를 지나는 강은 마치 용 한 마리가 하늘로 올라가려고 마지막 힘을 모아 격렬하게 몸부림을 치는 마냥 좌우 아래위로 마구 휘돌아 흐른다. 호연정은 북동쪽으로 몸을 틀어 흐르는 강물을 좇아 바라본

◆ 주세붕周世鵬(1495~1554) 호는 신재愼齋. 1543년 경상도 풍기군수로 있을 때 우리나라 최초의 서원인 백운동서원을 세웠다. 백운동서원은 천여 개가 넘는 우리나라 서원의 시초로, 2019년 7월에는 유네스코 세계문화유산으로 지정되었다.

다. 빼곡하게 숲을 이루고 있는 울창한 나무들 너머로 시선을 보내면 흐르는 강물 좌우로 너르게 펼쳐진 율곡 들판이 눈앞에 펼쳐진다. 그윽한 눈길이 강물을 밀어 흐르게 하는지, 유유자적 흐르는 물줄기가 눈길을 당겨 적시는지, 아름드리 나무숲 사이로 불어오는 바람결은 대답 없이 스쳐 간다.

산과 강을 즐기는 선비, 이요당 주이

호연정을 세운 이는 이요당二樂堂 주이周怡(1515~1564)이다. 주이는 조선시대 초 이름 있는 가문에서 태어나 어릴 때부터 학문을 가까이하며 자랐다. 세종 때 좌의정을 지내고 삼군도통사로 대마도를 정벌한 최윤덕(1376~1445)이 그의 외할아버지이며, 5촌 당숙이었던 주세붕은 어릴 때부터 총명했던 주이가 장차 집안의 기둥으로 성장하리라 여겼다.

주이의 아호 '이요당'은 『논어』 「옹야」 편에 있는 구절에서 따온 표현이다. "지혜로운 사람은 물을 좋아하고 어진 사람은 산을 좋아한다. 지혜로운 사람은 동적이고 어진 사람은 정적이다. 그렇기에 지혜로운 사람은 인생을 즐기고 어진 사람은 장수한다."[33] 산도 좋아하고 물도 좋아하니 그는 지혜롭고도 어진 선비가 되고자 했나 보다.

주이가 요산요수의 삶을 추구하기로 마음먹은 이유는 곧고 바른 생각과 의지를 가진 학자들이 겪는 고초와 고난을 무수히 봐 왔기 때문일 듯하다. 그는 나이 서른일곱에 서장관으로 중국 연경에 가서 분재되어 있는 소나무를 보고 시 한 수를 지었다. 정도正道를 걸어가도록 그냥 놔두지 않는 세상을 읊은 시에서 그의 마음 한 조각을 읽을 수 있다.

작은 화분 속에 작은 소나무
온갖 풍상 견디느라 늙고 뒤틀렸네
높이 자라는 것 배우지 않음을 알겠으니
사람도 곧으면 쓰이지 않음을 알겠구나[34]

주이는 성균관에서 여러 직책을 거쳤으며 춘추관에서도 일했다. 또한, 외직인 예안현감을 거쳐 강원도, 평안도, 충청도 등의 관찰사로 역임하였다. 주이는 당대 최고 학자로 꼽혔던 이황이 인정할 정도로 학문이 깊고 밝았다.

호연정은 주이가 예안현감에서 물러나 학문을 닦으며 제자들을 기르던 곳이다. 예안현감을 그만두고 고을을 떠나기 전 그는 다음과 같이 시 한 수를 지었다.

마음은 본래 도연명을 사모하였으니
어찌 소 잡는 칼을 차고 무성에 머무를까
하얀 돌 맑은 물 알록달록 우거진 숲
의연히 돌아가 서생으로 살리라[35]

인仁을 잊지 않는 공간, 호연정

호연정은 마을 밖 강가 언덕 위에 세워져 있어 굽이굽이 흐르는 황강 물길이 만든 풍경을 저 먼 곳까지 볼 수 있다. 이름 그대로 호연지기浩然之氣를 기르기에 제격인 자리이다. 호연지기는 『맹자』 「공손추」 상편에 나오는 표현으로 "하늘과 땅 사이에 넘치는 크고 강하고 곧은 기운"을 말한다. 이 기운이 더 커지면 광활한 천지를 가득 채우는 원기가 된다고 하였다. 이 기운이 사람에게 깃들었을 때, 행위가 도의에 부합하여 부끄러울 게 없으면 누구한테도 지지 않는 도덕적 용기가 생긴다고도 하였다.

강둑길에서 나무 사이로 열려있는 언덕길을 오르면 호연정 일대를 높다랗게 두르고 있는 흙돌담이 나타난다. 담장 안에는 은행나무가 하늘을 다 가릴 듯이 풍성한 가지를 뻗으며 서 있다. 계단을 딛고 오르면 기와를 얹은 황토와 자연석으로 만든 긴 담장이 있다. 호연정 안으로 들어가는 출입문은 담장을 따라 남쪽과 서쪽, 그리고 북쪽 세 군데에 만들어져 있다. 출입문은 하나같이 담장 규모에 비해 작고 소박하다.

남쪽 담장 가운데 나 있는 좁은 문 위에는 인지문仁智門이라고 적힌 작은 현판이 걸려 있다. 이는 사람이면 지켜야 할 기본 덕목 인의예지신仁義禮智信 중 인仁과 지智를 의미한다. 또한 인자요산仁者樂山과 지자요수知者樂水를 담고 있기도 하다. 인仁이 무엇이냐는 제자 안연의 질문에 공자는 "자기를 이겨내고 예로 돌아가는 것"[36]이라 하였다. 그러기 위해서는 "예가 아니면 보지도 듣지도 말하지도 말고, 움직이지도 말라"[37]고 하였다. 벼슬을 버리고 강가 언덕에 집 한 채 지어 살고자 한 주이의 마음이 출입문 현판에서도 읽힌다.

마당으로 들어서는 이를 먼저 반겨 주는 것은 마음까지 시원하게 만드는 너른 정원이다. 사방으로 시원하게 트여 있는 마당 곳곳에는 수백 년 세월 동안 서 있었을 아름드리나무들이 가득하다. 다양한 크기와 굵기의 나무들이 제각각 알맞은 위치에 뿌리 내리고 있다. 숲을 이룬 나무들은 호연정뿐만 아니라 그 옆으로 자리 잡은 여러 건물을 호방하게 품어준다.

인지문과 정자 사이에는 배롱나무 수 그루가 좌우로 나란히 서 있다. 마치 손님맞이를 위해 대기하고 있는 듯하다. 배롱나무 사이를 지나 돌계단 대여섯 개를 올라서면 정자 앞마당에 이른다. 너른 앞마당에서 건물을 정면으로 바라보면 건물 바로 앞에 정료대가 단정하게 세워져 있다. 정료대는 해가 지고 사방이 어두운 날 밤에 관솔이나 송진에 불을 붙여 주변을 밝히기 위한 장치이다. 보름달이 휘영청 밝은 날에는 배롱나무 꽃잎들이 달빛으로 붉어지고, 달이 잠시 쉬는 그믐날 밤이면 꽃잎들이 관솔불 너머로 붉은 색을 살랑거렸을 모습을 떠올려본다.

1553년에 처음 세워진 호연정은 임진왜란 때 불타버렸다. 현재 서 있는 건물은 전쟁이 끝나고 후손들이 다시 지은 것인데, 조선 인조 때 지은 것으로 추정하니 그 나이가 삼백 년이 넘었다.

호연정 일대에는 정자 외에도 여러 건물이 가지런히 자리 잡고 있다. 호연정 건물에서 왼쪽 담장 가까이에는 세덕사가 자리하고 있다. 세덕사에는 조상의 위패를 모시는데, 넓게 담장을 두른 호연정 경내에서 다시 작은 담장이 둘러져 있어 엄숙한 공간임을 알려준다.

세덕사 옆으로는 주이의 비각이 있다. 화려한 단청으로 꾸민 비각 안에는 1775년 세운 비석이 근 250년의 시간을 살아오고 있다. 비각의 사방 네 기둥과 서까래 사이에는 까치발을 달아 작은 건축물에 미적 완성을 더하고 있다. 호연정 왼쪽 뒤로 살짝 물러난 담장 가까이에는 상주 주씨 시조의

호연정

위패를 모신 영모사가 자리하고 있다. 이곳에도 건물을 아우르는 별도의 담장이 둘러져 있다.

호연정 일대를 둘러싼 담장 북서쪽 협문 밖에는 이 일대를 관리하는 돈목사가 세워져 있다. 건물 이름은 후손들간에 서로 돈독하고 화목하며 하나로 단결하여 서로 잘 지내기를 바라는 마음을 담은 종훈인 돈목단결敦睦團結에서 따서 지었다. 돈목사 옆으로 북서쪽으로는 추원재가 세워져 있다. 정면 3칸, 측면 2칸 규모인 이 건물 이름도 종훈인 추원보본追遠報本에서 따서 지었다. 추원보본은 조상의 덕을 추모하며 자신의 근본을 잊지 않고 보답한다는 의미이다. 건물들은 동쪽으로 휘돌아 흐르는 황강을 바라보며 북서쪽에서 남동쪽으로 길게 자리하고 있다.

밝은 눈웃음으로 맞아 주는 호연정

호연정은 반듯한 돌 기단 위에 세워져 있는 정면 3칸, 옆면 2칸인 팔작지붕 건물이다. 황강을 등지고 마당에서 건물을 바라보면 오른편에 한 칸짜리 방이 있고 왼편에는 두 칸 크기의 마루가 만들어져 있다. 가운데 칸을 이루는 기둥 간격이 양 옆 칸을 이루는 기둥 간격보다 넓어서 마루는 더욱 넓고 시원해 보인다.

마루에서 동쪽과 남쪽으로 서 있는 기둥 사이를 가로지르는 보는 하나같이 예쁜 눈썹 모양이다. 위쪽으로 부드럽게 굽은 자연 그대로의 목재를 사용하였기 때문이다. 아름답게 굽은 목재들은 집안으로 들어서는 손님에게 환한 눈웃음을 지으며 어서 마루 위로 올라오라고 반갑게 맞아 준다. 기둥들 사이에 펼쳐진 푸르고 맑은 자연 풍경을 바라보는 주인과 손님이 너나 할 것 없이 잔잔하게 눈웃음 짓는 모습이 떠오른다.

수줍은 걸음으로 건물에 다가서서 고개를 들면 처마 밑에 서로 다른 서체로 쓴 호연정 현판 두 개가 눈길을 사로잡는다. 동쪽을 바라보고 있는 건물 정면 처마에는 전서체로 쓴 현판이 걸려있고, 남쪽 처마 밑에는 강 건너 삼우당의 후손 정홍겸이 행서체로 쓴 현판이 걸려있다.

양탄자 마냥 부드러운 흙마당을 지나 마루에 오르면 마루 위 사방으로 빼곡하게 걸려 있는 편액들을 마주하게 된다. 한참을 세어보니 스무 개 가까이 된다. 애석하게도 호연정 마루를 가득 채우고 있던 현판 중 13개가 2006년 도난당했다. 지금 걸려 있는 많은 현판은 그 뒤에 새로이 적어서 걸어 둔 것들이다. 제발 몰래 가져간 이들이 그 목판 속에 담긴 글들의 의미를 조금이나마 살펴보았기를 바랄 뿐이다.

마루 위에 빈틈없이 걸려있는 현판 사이로 글자 하나가 유독 두드러진다. 마루 위 북쪽 기둥 위에 크게 써서 걸어놓은 경敬자이다. 벼슬을 버리고 산림에 기거하는 선비의 학문이 어디로 향하는지를 보여주는 글씨이다. 조선시대 학문을 구하는 이들은 경을 근본으로 삼아야 한다고 했다. 이것으로 마음을 바르게 할 수 있다고 했다. 의義에 이것이 없으며 근본이 없어서 의라고 할 수도 없다고 하였다. 이것은 호연지기를 기르기 위한 다짐의 표현이다.

호연정 마루 위 경敬자는 경남 칠원 풍욕루風浴樓 마루 위에 걸려있는 것과 같은 글씨이다. 두 글씨는 주세붕이 백운동서원 물가 바위에 새긴 경敬

자를 탁본하여 쓴 것이다. 낙동강 유역 언저리에 직선거리로 서로 백 리나 떨어져 있는 두 건물 마루 위에 조상이 남긴 글자 하나를 똑같이 걸어둔 것이다. 군자가 되기 위한 학문을 연마하는 전통을 이어가려는 후손들의 마음 씀이 이렇게 깊다.

자연 그대로의 목재가 용틀임하는 건물

호연정은 자연 그대로 건물을 짓는 것이 어떤 것인지를 제대로 보여준다. 건물을 지탱하는 기둥이며 기둥과 기둥 사이를 가로지르는 보에서 눈을 뗄 수가 없다. 이 건물을 세운 조선의 장인은 누구일까, 어디서 왔을까 한없이 궁금해진다. 천재였는가, 예술인이었는가. 시대를 벗어나 훨훨 마음을 펼친 자유인이었나 아니면 일상의 우리들이 이해할 수 없는 기인이었나. 무수한 생각들이 휘몰아 온다.

건물 아래위로 버티고 있는 목재들을 보면 남들이 사용할 수 없어서 버려둔 나무들만 골라서 정자를 짓기로 작정한 듯 보인다. 아니면 게을러서 주변에 아무렇게나 놓여 있는 나무들을 그저 보이는 대로 가져다 건물을 짓기로 마음먹은 듯하다. 그렇지 않고서야 집을 이렇게 지을 생각을 어찌 했을까 싶다.

정자 마루 위에 올라 대청의 윗부분을 받치고 있는 나무를 올려다보면 무슨 표현을 할지 쉽게 떠오르지 않고 감탄이 절로 나온다. 나무 표면이 매끈하고 뒤틀림이 거의 없는 대들보 너머로, 일부러 그렇게 비틀기도 힘들 정도로 휘어진 나무가 가로질러 있다. 이 일대 사방으로 꿈틀꿈틀 흐르는 황강 물줄기 속에서 놀던 용 한 마리가 물속에서 나와 마루 위로 불쑥 들어 온 것이 아닌가 하는 생각에 사로잡힌다. 건물을 세운 이에게 무슨 생각으로 이렇게 지었는지 물어볼 수 없어 매우 안타깝다.

사방에서 건물을 받치는 기둥들도 자유롭기는 마찬가지이다. 어떤 기둥은 둘레가 2m가 넘고 또 어떤 기둥은 둘레가 그 절반도 되지 않는다. 크기만 그러한 것이 아니라 사용된 나무들의 종류도 참나무, 느티나무, 소나무 등 다양하다.

호연정은 소위 좋은 건물을 짓기 위해 생각하고 지켜야 할 규칙이나 질서를 온몸으로 거부한 듯하다. 어쩌면 호연정은 아름다운 자연 속에서 산수를 즐기려는 사람이 건물을 짓는 새로운 규칙을 보여주고 있는지도 모른다.

정자는 아름다운 산림을 자신의 정원으로 즐기려는 소망의 표현이다. 호연정은 이러한 생각에서 한 걸음 더 나아가 있는 그대로의 자연을 건물 곳곳으로 깊숙이 불러들였다. 호연정은 자연과 사람이 하나 되어 300년을 서 있는 선비의 모습이다. 나이를 먹어 어쩔 수 없이 허리는 굽었을지언정 마음은 호연지기 그대로임을 보여주고 있다. 생각해 보니 정자를 짓는데 쓰인 나무들은 죽어도 죽지 않는 영원한 생명을 누리고 있는 것이 분명하다.

용틀임하는 호연정의 목재

푸른 숲의 기운으로 호연지기를 다지는 정자

매년 각 계절마다 수차례 호연정을 찾는다. 건물의 운치도 특별하거니와 건물 주위를 둘러싸고 있는 멋진 숲을 즐기고 싶어서다. 오랫동안 자리를 지킨 수많은 나무들의 크고 작은 가지들은 푸른 하늘을 배경 삼아 마음껏 날개를 펼친다. 그 풍경이 시원하면서도 호방하다. 호연지기는 이런 곳에서 기르는 것인가 생각하게 된다. 나무 하나 하나는 원래 그 자리가 자기 자리인 듯 자연스럽게 서로 어울려 뿌리 내리고 있다. 군자를 상징하는 각종 나무들이 어우러져 주변 세상을 향기 짙은 푸름으로 가득 채우고 있다.

20m를 족히 넘는 은행나무 두 그루는 짙은 숲을 이루고 있는 나무 모두를 호령하듯 우뚝하다. 이 은행나무는 주이가 직접 심었다고 한다. 한 그루는 인지문 옆 담장 쪽에 하늘을 가리며 서 있고, 또 한 그루는 정자 정면 마당을 지나 황강 강변에 기대어 서 있다. 살아온 시간이 무려 500년이 넘었으나 지금도 여전히 가지마다 풍성한 잎사귀를 매달아 가을이면 온 천지를 황금색으로 물들인다. 이 나무 오른쪽에는 우람한 상수리나무와 굴참나무가 나란히 자리하고 있다. 이들은 한여름에는 불볕더위를 식혀주고 한겨울에는 황강의 거친 바람을 막아준다.

우아한 자태로 서 있는 배롱나무 여러 그루도 정자에 아름다움을 더한다. 이리저리 구불구불 자라는 가지와 달리 백일동안 피고 지기를 반복하는 붉은 꽃으로 인해 곧은 선비 정신을 상징하는 나무가 배롱나무이다. 오랜 세월동안 정자 마당 곳곳을 지키고 있는 배롱나무들은 호연지기를 기르고자 세운 이 정자에 잘 어울린다는 생각이 든다.

이 외에도 호연정 정원 곳곳에는 대나무, 느티나무, 민주엽나무, 생강나무, 팽나무, 소나무, 향나무, 화살나무 등 온갖 나무들이 저마다의 아름다움을 자랑하고 있다. 질서와 규칙에 맞춰 심은 것도 아닌데 주변 자연과 건물들이 이 나무들과 한껏 어우러져 있다.

호연정 일대에는 나무, 숲, 산, 강, 그리고 그 속에서 평화로운 삶을 즐기는 생명들이 가득하다. 이 아름다운 광경을 호연정 12의宜로 노래하고 있다. 호연정 일대에 있어야 할 곳에 있어야 할 모습으로, 마땅히 제 할 노릇을 다하고 있는 12가지 자연을 노래한 것이다. 호연지기를 연마하는 선비에게 더 없이 소중한 스승으로, 다음과 같다.

아름드리 은행나무 가지 사이로 불어오는 바람은 행단광풍杏壇光風이요, 신선이나 머물 것 같은 절벽 위를 비 갠 날 밤 환하게 비추는 보름달은 선대제월仙臺霽月이다. 황강 가에 펼쳐진 너럭바위에서 고기 잡는 즐거움은 와암작어臥巖釣魚이며, 정자를 두르고 있는 푸른 대나무 숲에 듣는 빗소리는 죽림소우竹林踈雨이다.

정자 주변 품격 있는 소나무 가지로 연주하는 바람소리는 반송청금盤松聽琴이요, 강가 절벽 위 개비리길은 견천선로犬遷仙路이며, 푸른 강물이 실어다 준 평평한 백사장 위로 우아하게 날아오르는 새들은 평사구로平沙鷗鷺이다. 강마을 나루터에 고기 잡는 어부들의 활기찬 삶들은 선탄어화船灘漁火이며, 복 많은 마을 옹기종기 들어찬 집들에서 저녁 밥 짓는 풍경은 구촌취형龜村炊炯이다.

강가에 늘어선 실버들 가지 사이로 불어오는 바람결에 솜털처럼 흩날리는 풍경은 세류비서細柳飛絮이며, 저 멀리 산 위로 날아오르는 학 날갯짓

호연정 정원

에 몰려오는 흰 구름은 학산귀운鶴山歸雲이요, 북쪽 연못에 화사하게 피어 있는 북지연화北池蓮花는 군자의 모습 그것이로다.

충무공 이순신의 백의종군길, 매실마을

호연정이 있는 문림리 마을에서 황강이 흐르는 방향을 따라 동쪽으로 십 리 길을 가면 합천 매실마을이 있다. 마을은 뒤로는 용덕산을 등지고 앞으로는 낙민들을 끼고 있다. 매실마을은 이순신(1545~1598)이 임진왜란 중에 적과 내통했다는 누명을 쓰고 백의종군의 길을 나섰던 기억을 간직하고 있는 곳이다. 이순신은 1597년 4월 3일 한양을 떠나 두 달 뒤인 6월 4일 이곳에 도착하였다. 그는 이 일대에서 진을 치고 있던 만취당 권율(1537~1599)의 지휘 아래에서 전쟁에 참여하였다. 이순신은 매실마을에 도착한 날 일기에 이렇게 적었다.

> 개연으로 걸어오는데 기암절벽이 천 길이나 되고 강물은 구비 흐르고 깊었으며 길에는 건너지른 다리가 높았다. 만일 이 험요한 곳을 눌러 지킨다면 만 명의 군사도 지나기 어려울 것이다. 이곳이 모여곡이다.

이순신은 억울한 누명으로 인한 고통과 치욕의 길을 걸어가며 만난 아름다운 풍광조차도 편히 즐기지 못한 듯하다. 그는 눈앞에 펼쳐진 천하의 절경도 나라를 침범하고 있는 적과의 전투에서 승리할 수 있는 요충지로만 보던 충신이었다. 권율의 강력한 건의에 따라 그해 8월 3일 삼도수군통

제사로 다시 임명될 때까지 이순신은 40일 이상을 이 지역에서 백의종군 하였다.

매실마을에는 당시 이순신이 기거했다고 하는 이어해李漁海 가옥의 흔적이 남아있다. 지금은 마을 한가운데 이순신의 충심을 기억하는 공간을 마련해 두었다. 이순신 장군의 백의종군 거처지와 권율 도원수의 통솔지를 알려주는 표시도 세워두어 나라를 지키기 위해 흘린 그들의 땀을 잊지 않으려고 노력하고 있다.

오늘날 이순신의 뜨거운 발걸음을 제대로 기억하는 사람이 많지 않은 것 같다. 가끔은 이순신의 충심을 자신들의 정치적 이해관계로 이용하려는 사람들이 등장한다. 이런 현실을 아쉬워하는 어느 향토사학자의 안타까운 마음도 이 마을을 지키고 있다. 그 덕분인지 마을 뒤 용덕산 자락에 마련되어 있는 이순신 백의종군로를 찾는 이들의 발걸음이 끊어지지 않고 있어 조금이나마 위로를 얻는다.

찾아가는 길

소재지 경상남도 합천군 율곡면 문림길 40-19 (문림리 224번지)
문화재 지정 경상남도 유형문화재 제198호 (1981년 12월 21일)

호연정은 광주대구고속도로를 이용하여 찾아갈 수 있다. 광주대구고속도로 고령나들목으로 나오면 907번 도로와 만나는 삼거리가 있다. 이곳에서 우회전하여 907번 도로를 2km 정도 따라가 신곡교 다리를 건너 33번 도로와 만난다. 이 도로를 이용하여 합천 방향으로 16km 정도 가면 교차로가 나온다. 여기서 좌회전하여 24번 도로를 따라 초계방향으로 2km 남짓 가면 문림리에 다다른다. 호연정은 문림리 마을 안길을 지나 황강 강변 언덕에 자리하고 있다.

호연정은 합천버스정류장에서 4km도 안 되는 꽤 가까운 거리에 있다. 황강을 가로지르는 강양교 다리를 건너 쉬엄쉬엄 걸어서 한 시간이면 닿을 수 있는 거리이다.

9

강마을에 서 있는 목재 조각품, 화수정 花樹亭

관직의 길을 등지고 강변 언덕에 기대어 살아가는 산림 서생을

어쩌면 어느 한 명 찾아주지 않는 동지섣달,

내리는 눈을 받아 녹인 물로 차 한 잔 우려내고

벼루 위 먹물을 갈며 마음을 다스린다.

화수정花樹亭은 합천댐과 맞닿아 황강이 포근하게 감싸 안은 마을에 있다. 감토산을 등지고 아늑하게 자리한 마을 앞으로는 넓은 모래벌이 펼쳐져 있다. 덕유산 일대 수많은 고산 준봉에서 구르기 시작한 크고 작은 바위들이 엉키고 부대껴 잘게 부서져 이곳으로 흘러 모여 있다.

화수정은 삼우당三友堂 경내에 있는 정자다. 화수정은 삼우당을 등지고 푸른 강 건너 정남쪽 감악산을 바라본다. 건물은 높지 않은 담장으로 둘러 있어 너르게 펼쳐진 모래벌을 감싸며 우아하게 굽어 흐르는 황강을 감상하기에 부족함이 없다.

하얀 모래와 푸른 물결 위에 남아있는 산림처사의 향기

삼우당으로 들어가는 출입문은 건물 동쪽에 있다. 크지 않은 대문을 열고 들어서면 화수정이 눈앞으로 바짝 다가선다. 삼우당은 그 오른편에 감악산을 등지고 서 있다. 삼우당이 있는 곳은 남쪽보다 북쪽이 조금 더 높은 지형이다. 높은 북쪽에 주거 공간인 삼우당을 세웠고 그보다 낮은 곳에는 푸른 자연을 감상할 수 있는 화수정을 세웠다. 동서 방향보다 남북 방향이 조금 더 긴 반듯한 담장에 둘러싸인 두 건물은 팔작지붕을 이고 방문객을 맞이한다. 자연석과 흙으로 다져있는 마당은 정갈하고 단정하다.

삼우당은 정면 4칸, 측면 2칸 규모이다. 건물은 3층으로 쌓은 자연석 돌축대 위에 세워져 있고 네 단짜리 돌계단을 만들어 두었다. 삼우당의 왼편 두 칸은 방으로 꾸며 놓았고 오른편 두 칸은 대청마루다. 비교적 넓은 마루 위에는 삼우당과 화수정의 내력을 전하는 현판이 즐비하다. 마루 위에 올라서면 나무 문들이 단정하게 맞이해준다. 마루의 북쪽과 동쪽으로는 나무문이 벽체 구실을 하며 둘러 있다. 오른편과 뒤편에는 툇마루를 만들어 두었다. 벽체를 두른 문을 열어젖히고 툇마루에 나가면 동쪽으로는 환하게 떠오르는 햇살을, 북쪽으로는 감토산 자락의 푸른 소나무 숲을 마음껏 즐길 수 있다.

건물 전면에도 반 칸 크기의 마루를 내어 두었다. 흙마당 건너 마루 앞으로 따스하게 다가오는 햇살이 눈부시다. 담장 너머 강 건너 풍경도 시원하다. 산천에 기거하며 학문을 가까이하기에 더할 나위 없이 좋다. 보슬보슬 비가 내리면 흙마당에 작은 실개천이 생긴다. 흐르는 물살은 조그마한 번민까지도 실어 내려간다.

삼 형제 우의와 덕을 기리는 삼우당

삼우당은 동래 정씨 집안 삼 형제의 우의와 덕을 기리기 위해 1913년에 지은 건물이다. 삼 형제는 정시수, 정시웅, 정시승을 말한다. 정시수는 조선시대 선조와 인조 때의 학자였으며 조식의 후학이다. 조식의 제자답게 정시수는 1636년(인조 14년) 병자호란이 발발했을 때 의병을 일으키기도 하였다. 오래지 않아 전쟁이 마무리되었으나 그는 산림에 은둔하여 시를 지으며 남은 삶을 보냈다.

1906년에는 후손들이 정시수가 지은 시 100여 수를 비롯한 글을 수록한 『금천문집』을 간행하였다. 현재 이 문집은 규장각 도서에 보관되어 있다. 『금천문집』에 수록된 시 중에는 정시수가 늙은 자신을 돌아보며 지은 것도 있다. 조선 시대 학문을 닦는 이들이라면 누구에게나 중요했을 경敬을 연마하며 느낀 아쉬움을 노래했는데, 자신의 이름을 빗대어 시로 풀어낸 재치가 번득인다.

내 이름은 시수요 자는 경수라
때때로 수행하며 경으로 살아감을 아름다움이라 여겼네
하나 어디에 마음 세우고 이룬 것이 없을까
늙어버린 인생에 딱한 일만 많구려

아! 시수야 수행하고 또 수행했지만
사십오 년 인생에 허물만 많구나
갈 길은 먼데 날 저물고 오솔길 펼쳐져 있으니
채찍질하고 다그쳐서 어서 정진하리라[38]

화수정 기둥 사이로 본 삼우당

나이 들어감을 아쉬워하지 않을 사람이 동서고금 어디 있겠는가. 인생은 되돌릴 수 없다는 사실이 안타깝고 시간은 시위를 떠난 화살처럼 빨라서 무력할 뿐이다.

감악산 봉우리 닮아 날갯짓 하는 화수정

울퉁불퉁한 자연석 주춧돌 위에 서 있는 화수정은 정면 3칸에 측면 2칸인 중층 누각 건물이다. 적당하게 튼실한 서로 다른 굵기의 열두 개 둥근 기둥이 건물을 받치고 있다. 화수정은 한눈에 보아도 사람 마음을 잡아끄는 매력이 넘친다. 건물에는 사방 어디에도 벽체가 없고, 나무판을 깔아 놓은 마루와 기와지붕을 받치는 둥근 나무 기둥만으로 이루어져 있다. 마치 멋진 나무 조각품을 보는 듯하다.

삼우당 마루 위에 앉아 화수정을 바라볼 때 건물의 진가는 더욱 빛난다. 잡티 하나 없이 정갈한 모래 마당 건너로 정자가 보이고 뒤쪽으로는 삼우당의 아름다운 기와지붕 곡선 너머로 펼쳐진 소나무 숲이 푸르다. 기와 담장 너머 강변 풍경이 건물을 받치고 서 있는 매끈한 기둥 사이를 뚫고 몰려온다. 황강이 크게 휘돌아 굽어 흐르며 만들어 놓은 청명한 풍광이다. 아름다운 경치는 금세 마당을 가로질러 삼우당 마루 위에 올라앉는다. 화수정에 벽체를 세우지 않았기에 만끽할 수 있는 풍경이다.

화수정 위로 오르는 계단은 삼우당 앞마당에서 건물을 바라봤을 때 왼편에 놓여있어 동쪽 방향에서 정자 위로 오르게 되어 있다. 건물은 평평한

화수정 전경

화수정 마루

대지 위에 나지막하게 깔려있는 기단 위에 서 있다. 세 개 돌계단을 딛고 정자 마루 위로 올라 크지 않은 나무 문을 당겨 양옆으로 열어젖히면 아담한 마루 칸이 나타난다. 측면 가운데 부분에는 2칸 폭의 마루 칸을 만들어 두었다. 둥근 기둥 하나가 눈앞 정면에 우뚝 서 있는데 이곳에서 다시 두 개 나무 계단을 딛고 정자 마루에 올라선다. 마루는 사방이 훤하게 열려 있다. 마루에서 작은 통로를 지나면 너른 마루를 마주한다. 건물 전체에 마루를 통으로 깔았고 동서남북 사방 기둥 밖으로도 쪽마루를 내어 깔았다. 덕분에 정자 마루가 훨씬 더 넓게 느껴진다.

건물 양옆으로는 각각 1칸 크기의 마루와 작은 방을 만들어 두었다. 어른의 양팔을 펼친 정도의 아담한 규모의 건축물은 같은 듯 다른 모습으로, 마치 정자가 날개를 펼치고 강 위로 날아갈 듯한 모양새를 연출한다. 서쪽 편에 있는 방은 사방이 벽체로 둘러싸여 있는 반면, 동쪽 편 방은 벽면에 굵지 않은 나무 살을 세워 바깥을 바라볼 수 있도록 해두었다. 건물 서편에 본채와 떨어져서 마련된 작은 방은 본채와 나무 계단으로 연결되어 있다. 동편에 있는 마루 칸은 건물 본채에 바로 이어져 있고 나무 계단으로 오르내리게 해 두었다.

화수정 현판은 서로 다른 글씨로 쓰여 정자 남쪽과 북쪽 지붕 밑 가운데에 각각 하나씩 걸려 있다. 마루 위 천장 밑에는 장승택(1838~1916)이 쓴 「화수정기」와 후손들이 쓴 시판들이 사방을 돌아가며 줄줄이 걸려 있다.

기둥 사이를 둘러보는 시선에 현판 하나가 인상 깊게 들어온다. 서편에 마련된 방문 위에 걸린 팽다세연실烹茶洗硏室이라 적힌 현판이다. 꽃 피고 초록이 가득한 어느 날 강가 산림에 기대어 살아가는 처사에게 손님이 찾아온다. 반갑게 차 한 잔 대접하며 싱그러운 자연을 이야기하고, 문탁 위 벼루를 깨끗하게 닦고 갈아 시 한 수 나누며 학문하는 자의 마음을 이야기한다. 관직의 길을 등지고 강변 언덕에 기대어 살아가는 산림 서생을 어쩌면 어느 한 명 찾아주지 않는 동지섣달, 내리는 눈을 받아 녹인 물로 차 한 잔 우려내고 벼루 위 먹물을 갈며 마음을 다스린다. 정자 마루에서 나무 계단 위에 걸려 있는 현판을 바라보니 어느 중국 시인이 쓴 시 한 구절도 떠오른다.

> 벼루를 씻으니 물고기가 먹물을 삼키고
> 차를 끓이니 학 한 마리 연기 피해 날아가네[39]

삼우당과 화수정에 들어설 때면 언제나 다른 정자보다 단정하고 정갈하다는 느낌을 받는다. 무엇 때문일까? 크지 않은 삼우당과 화수정 두 건물 사이 흙 마당 위로 그 흔한 나무 한 그루 보이지 않아서일까?

대개 정자 앞마당에는 공자의 행단을 떠올리는 은행나무와 선비의 지조를 상징하는 배롱나무 등이 서너 그루쯤 심어져 있기 마련이다. 건물 옆이나 뒷마당에 마련해 둔 화단에서는 울긋불긋 매화나무 등속이나 화초들을 발견하기 쉽다.

그런데 화수정 앞뒤 좌우 어디에도 이런 나무 한 그루, 화초 한 포기 보이지 않는다. 마치 담장 안으로는 세 형제의 우애를 담기에도 부족하다는 듯 온 마당이 정갈하게 오롯이 비어있다. 덕분에 화수정에 오르면 담장 너머 펼쳐진 아름다운 강변 풍경과 그에 어울리는 우아한 건물에만 집중하게 된다.

화수정 마루에서 본 황강

삼우당 마루에서 화수정을 바라보면 두 건물이 자연의 일부가 되어 마당 안으로 들어와 앉아 있다. 정자 기둥 사이로 펼쳐지는 다채로운 사계절 풍경은 한 편의 자연 기록 영화 같다. 건물 주위에 흔한 나무 한 그루 심지 않은 이유를 이제야 알 것 같다. 아름다운 작품을 감상하는 데 작은 시선 하나조차 방해받고 싶지 않았으리라.

옛 것을 기억하며
오랜 삶의 이야기를 전하는 마을, 무릉리

경남 거창 일대에 정착한 동래 정씨 문중의 흔적은 무릉리에도 진하게 남아있다. 무릉리는 화수정이 자리한 대야리에서 강물을 거슬러 북쪽으로 4km 남짓 떨어져 있다. 이곳에는 거창 무릉리 정씨 고가 한 채가 자리하고 있다. 1686년(숙종 12년)에 정형초(175~1788)가 처음 세웠다. 현재 건물은 정형초의 6세손인 정수연이 1924년 3년에 걸쳐 중수한 것이다.

정씨 고가는 남서쪽을 바라보고 있는 디귿(ㄷ)자 형태의 안채와 방앗간, 그 서편에 기역(ㄱ)자 형태의 사랑채와 대문채 등으로 이루어져 있다. 정면 3칸 규모의 맞배지붕 솟을대문을 들어서면 넓은 마당을 두른 사랑채가 맞아준다. 사랑채는 ㄱ자 형태로 탄탄한 주춧돌 위에 어른 키 높이의 기둥을 세웠다. 지붕은 서쪽은 팔작지붕, 남쪽은 맞배지붕으로 만들었다. 건물은 누각 형태를 하고 있으며 서쪽으로는 넓은 마루를 내었고 남쪽으로 방을 내어 달았다. 방 앞으로도 높은 마루를 내어 담장 아래 가득한 배롱

거창무릉리정씨고가

나무며 향나무를 구경하기에 제격이다. 방문 위에는 산수정이라고 당호가 걸려 있다.

안채는 사랑채보다 높은 곳에 자리하고 있다. 경사진 강가 마을에 건물을 세우며 땅 모양을 있는 그대로 살려두었기 때문이다. 사랑채 마당에서 계단을 올라 안으로 들어서면 ㄷ자 모양의 안채가 눈앞으로 다가선다. 안채는 사랑채와는 별도의 담장으로 구분되어 있다. 사랑채 뒷담 가운데에는 사랑채와 안채를 드나드는 샛문도 마련되어 있다. 가파르게 경사진 땅에 세운 ㄷ자 모양의 건물 양날개 쪽은 2층 구조로 되어 있다. 아래층은 창고와 부엌으로 사용하고 있다.

이 건물은 한국전쟁 때 특히 많은 고난을 겪었다. 전쟁 초기에는 북한군 고위 지휘관의 사무소였으며, 군수물자 창고로도 쓰였다. 낙동강 전투로 북한군이 퇴각할 때는 부상병을 치료하는 야전병원 역할도 했다. 곳간, 방앗간 등 여러 건물이 폭격에 부서졌으나 지금 남아 있는 사랑채, 안채, 대문채는 전쟁 중에도 거뜬히 버틴 건물이다.

고된 시련을 겪으며 수백 년을 버티고 있는 건물을 지키고 있는 후손의 마음씨는 넉넉하다. 정형초의 8세손 정규성 선생은 햇살 좋은 가을날 집에서 만든 따뜻한 대추차 한 잔을 정성 가득 담아 내어주신다. 불쑥 찾아온 낯선 손님에게 건네는 찻잔 속에 오래되어 불편하기도 한 건물을 사랑하는 마음이 가득하다. 덕분에 가을 하늘은 더욱 푸르고 따스하다.

정씨 고가에서 북쪽으로 밭을 건너 약 150m 떨어진 위치에는 영빈서원이 세워져 있다. 영빈서원은 정시수를 비롯한 동래 정씨 문중의 여섯 학자를 기리는 공간이다. 1744년에 처음 세울 때는 영천사瀯川祠라는 사우로 지

영빈서원

낙영재

었으나 흥선대원군의 서원철폐령에 따라 없어졌다가 1919년 다시 세울 때 영빈서원으로 이름을 고쳤다.

단정한 돌계단 일곱 개를 올라 솟을대문인 광제문光霽門을 열고 서원 안으로 들어간다. 반듯한 기단 위에 서 있는 건물은 정면 5칸, 옆면 1칸 반 규모이다. 가운데 2칸 크기의 대청마루를 사이에 두고 왼편에 방이 두 칸, 오른편에 방이 한 칸 마련되어 있다. 마루 위에 앉아 정면을 바라보니 좌우로 멋진 자태의 배롱나무 두 그루가 건물의 시중을 들듯이 대기하고 있다. 둘러보니 담장 가까이에도 오랜 배롱나무 수 그루가 서원을 꽉 채우고 있다. 현재 이 서원은 마을 어르신들의 쉼터인 무릉경로당으로 이용되고 있다. 아마 전국 어디에 내세워도 가장 운치 있고 품격 있는 경로당일 듯하다.

영빈서원 남쪽으로는 유림들이 세운 공교육 기관이었던 낙영재樂英齋가 자리하고 있다. 낙영재는 정면 4칸, 옆면 1칸 반 규모의 건물로, 가운데 2칸 크기의 마루를 두고 양옆으로 방이 한 칸씩 마련되어 있다. 마당은 나무가 거의 없어 시원스럽게 널찍하고, 흙돌담이 반듯하게 건물을 두르고 있다. 낙영재는 1925년 일제강점기 때 거창 동헌이 허물어지자 그곳의 목재를 여기로 옮겨 세운 건물이다. 그렇기에 낙영재는 조선시대 동헌 건물의 양식을 엿볼 수 있는 공간이기도 하다.

찾아가는 길

소재지 경상남도 거창군 남하면 영서로 485 (대야리 1456번지)

문화재 지정 삼우당 | 경상남도 문화재자료 제155호 (1985년 11월 14일)
거창무릉리정씨고가 | 경상남도 유형문화재 제287호 (1992년 10월 21일)
영빈서원 | 경상남도 문화재자료 제305호 (2001년 12월 20일)
낙영재 | 경상남도 문화재자료 제625호 (2016년 5월 12일)

화수정은 광주대구고속도로를 이용하여 찾아갈 수 있다. 광주대구고속도로 거창나들목으로 나온다. 거창IC교차로 삼거리에서 좌회전하여 합천으로 가는 24번 국도를 따라간다. 강을 가로지르는 남하교 다리를 건너 황강을 오른편에 끼고 강물이 흐르는 방향으로 6km 남짓 가면 대야마을이 나온다. 화수정은 도로 왼편에 있는 마을 끝 도로가에 자리하고 있다. 지금 대야리 마을에 세워져 있는 건물은 합천 댐 공사로 인해 수몰될 처지에 있던 것을 1987년에 이곳으로 옮겼다고 한다. 거창버스터미널에서 약 8km 거리에 화수정이 자리하고 있다.

대야리에서 황강을 거슬러 거창군소재지 방향으로 4km 떨어진 곳에는 거창 남하면 무릉리 마을이 있다. 이 마을에는 동래 정씨 문중의 여섯 학자를 기리는 영빈서원이 자리하고 있다. 이 마을에서는 거창무릉리정씨고가와 낙영재 등 경상남도 문화재로 지정된 건물들도 방문객을 반갑게 맞아준다.

一源亭

10

조선 성리학의 뿌리를 기억하는 공간, 일원정 一源亭

오늘 불현듯 아버님 학문 연마하던 곳에 오르니

흐르는 눈물 어찌할꼬 계곡 물소리 같구나

영남과 호남 사이에 우뚝한 소백산맥 등줄기를 준봉들이 연이어 달린다. 그 중 삼봉산 계곡에서 시작한 황강은 근 팔십 리를 흘러 거창에 다다른다. 황강은 그곳에서 남덕유산에서 시작하여 흘러온 위천과 만나 하나의 강이 되어 흐른다. 실오라기처럼 시작한 두 물줄기가 모여 제법 강다운 위용을 갖추고 낙동강으로 흐른다. 이렇게 십오 리쯤 남쪽으로 더 흘러간 곳에 일원정一源亭이 있다.

일원정은 전척리 마을에 자리하고 있다. 일원정 뒤편으로는 감악산 자락이 든든하게 둘러싸고 있다. 정자는 차가운 겨울 바람을 막아주는 산자락 끝에 기대어 남동쪽으로 흐르는 강물을 정면으로 바라본다. 일원정은 조선 성리학의 기초를 다진 이를 기억하는 공간이다.

해동 학문의 근원, 일원정

황강 강가 언덕에 자리 잡고 있는 일원정은 조선 전기 세종 때 학자였던 강호江湖 김숙자金叔滋(1389~1456)를 기려 1905년 후손과 유림들이 세운 정자이다. 정자의 사방에 둘러 있는 흙돌담 오른편으로 돌아 마당 안으로 들어서면 그리 넓지 않은 마당에서 뒤로 조금 물러선 곳에 건물이 자리 잡고 있다. 건물은 바닥에서 눈높이 정도로 기둥을 세우고 그 위에 마루를 놓았기에 정면에서 바라보면 누각처럼 보인다.

정자는 정면 4칸, 옆면 2칸 규모인 팔작지붕이다. 정면에서 바라보면 오른편 두 칸은 방이고 왼편 두 칸은 마루로 마련되어 있다. 강가 풍경을 좀 더 가까이에서 보려는 듯 방 앞쪽으로도 마루가 깔려 있다. 건물 뒤편에도 툇마루를 깔아 후원을 감상할 수 있게 했다. 일원정 현판은 왼편 마루 위에 걸려 있다. 정자 마루에 오르기 위해서는 건물 왼편에 마련되어 있는 일곱 개의 돌계단을 이용하면 된다. 일원정은 조선 유학사에서 이름 있는 대학자 일곱 명의 제례를 모시고 있는데, 그래서 정자를 오르는 계단도 일곱인가 하고 생각해 본다. 김숙자를 비롯하여 정몽주(1337~1392), 길재(1353~1419), 김종직(1431~1492), 정여창(1450~1504), 김굉필(1454~1504), 조광조(1482~1519)가 그들이다.

마루 위에는 일원정이라고 적은 현판을 포함하여 모두 십여 개의 편액이 걸려 있다. 방문 위에는 강호정사江湖精舍라 크게 적혀 걸려 있고, 오른편 바깥쪽 방 문 위에는 해동연원재海東淵源齋가 쓰여져 있다. 일탄 하한식(1920~2010)이 쓴 글씨이다. '강호'는 김숙자의 호이며 '해동연원'은 조선 유학의 뿌리가 김숙자에게서 비롯되었음을 뜻한다. 이 외에도 일원정 마루 위에는 시문이 적힌 편액이 마루를 둘러 사방 빼곡하게 걸려 있다.

경사진 언덕에 세운 건물이기에 건물 뒷마당에는 돌 축대를 높이 쌓아 화단을 만들고 뒷담장도 높지 않게 쌓아 주변과 어울릴 수 있게 했다.

본채 오른편에는 북동쪽을 바라보는 맞배지붕 건물이 세워져 있다. 정면 5칸, 옆면 1칸 규모인 이 건물은 한때 객사로 사용되었다고 한다. 객사 건물 오른편 끝에는 강 쪽으로 누마루 한 칸을 마련해 두었다. 마루 위에 올라앉으니 높지 않은 담장 너머로 펼쳐지는 푸른 강변 풍경을 마음껏 감상할 수 있다.

앞마당은 건물 크기에 비해서 다소 좁다는 느낌이다. 돌담에 바짝 다가선 곳에 나이 많은 느티나무 한 그루가 서 있다. 한때 사방으로 당당했을 가지들은 이제 다 떨어져 나간 채 허리 굽은 촌로 마냥 그렇게 앞마당을 지키고 있다. 고목은 하늘을 마음껏 가려서 만드는 시원한 그늘을 더 이상 드리우지 못한다. 다만 몇 안 되는 가지들에서는 봄이면 여전히 녹색 잎사귀가 고개를 내민다. 또 허리춤에는 푸른 이끼를 잔뜩 품고 있다. 일원정이 세워진 지 110년이 넘었음을 알려주기에 충분한 위엄이다.

정자 왼편 담장 밖에는 아름드리 은행나무 한 그루가 하늘을 가리고 서 있다. 나무는 이십여 미터가 족히 넘는 높이를 자랑한다. 앞마당의 늙은 느티나무와는 달리 지금도 여전히 가을이면 건물 주위를 황금빛으로 가득 채워준다. 나무의 굵기와 높이를 보면 건물이 세워지기 훨씬 전에 은행나무가 먼저 터 잡고 있었겠다. 이를 보니 공자가 제자를 가르친 살구나무 아래, 행단이 떠올랐다. 조선 유학의 기틀을 다진 강호산인을 기리는 공간과

울창한 고목 사이에 세워져 벼랑 위에서 황강 푸른 물을 굽어 보는 김숙자 신도비

더 없이 잘 어울린다.

일원정 정면 강가에는 김숙자 신도비가 하늘을 가릴 정도로 울창한 고목들 사이에 세워져 있다. 신도비는 물길에 바짝 붙은 벼랑 위에서 황강 푸른 물을 굽어보고 있다. 비석 주위로는 돌담이 사방으로 어른 키보다 높이 둘러 있고 화려한 단청을 한 기와지붕이 세워져 있다. 그런데 정자 앞에 흐르는 황강의 물고기 잡이를 즐기려는 사람들이 담장 너머로 들어와 마당에서 하룻밤을 머무는 일이 자주 있다고 한다. 이리저리 어지럽게 흔적을 남기고 떠나는 이들이 적지 않다고 하니 안타까울 뿐이다.

끝없이 꼬이고 막힌 벼슬길

1389년 경상도 일선 영봉리에서 태어난 김숙자는 12세 때부터 길재로부터 배우기 시작하였다. 길재는 조선 태조에 의해 고려가 망하자 조선의 신하가 되기를 거부하고 경북 구미 금오산 아래에 은둔한 고려 말 학자이다. 김숙자의 아버지 김관은 아들의 손을 잡고 한나절을 걸어 금오산을 올라가, 홀어머니를 모시고 있던 길재에게 아들의 스승이 되어 주기를 부탁하였다. 새롭게 들어선 왕조에 등을 지고 산속에 은거한 학자에게 아들의 학문을 맡긴 아버지의 용기가 대단하다.

김숙자는 조강지처를 버렸다는 비난에 시달리고는 했는데, 그의 결혼에 관해 아들 김종직이 전하는 이야기는 다음과 같다. 김숙자의 할아버지 김은유에게 같은 고을에 사는 한변이라는 사람이 여러 차례 찾아와 자신의 과년한 딸이 곧 중국에 공녀로 잡혀갈 것 같으니 속히 결혼하지 않을 수 없음을 하소연하였다. 이에 마음씨 고왔던 할아버지는 손자 김숙자와 그의 딸을 결혼시켰는데, 나중에 한변이 결혼을 위해 자신의 신분을 속였음을 알았다. 김숙자의 아버지 김관은 집안의 장래를 생각하여 이혼을 결정하였다. 이에 김숙자는 1418년 이혼하고 2년 뒤 박홍신(1373~1419)의 딸과 재혼하였는데, 한변은 김숙자가 과거에 급제하자 조강지처와 자식들을 버리고 밀양의 든든한 집안으로 새 장가를 갔다고 주장하며 김숙자를 끊임없이 비난했다.

김숙자는 1414년 생원시에 2등으로 합격하여 성균관에 들어가 관직 생활을 하고 있었다. 1422년에는 사관에 임명되기도 하는데, 이때 사헌부로부터 김숙자가 조강지처를 이유 없이 내버렸다는 비난이 쏟아졌다고 『세종실록』에도 기록되어 있다. 결국 세종은 사헌부의 말을 따랐으며, 그 뒤로도 김숙자가 관직에 임명될 때마다 같은 비난이 계속해서 제기되었다고 한다. 그 때문에 김숙자는 과거에 급제하여 처음 벼슬에 나아간 후 삼십여 차례 가까이 관직에 임해졌으나 모두 흔한 일반 직책들이었다. 세월이 한참 흐르고 66세의 나이에서야 정4품 성균관 사예에 임명되었던 김숙자는 이후 관직을 사직하고 처가가 있는 밀양으로 내려가 일생을 마감하였다. 그의 묘소는 경남 밀양시 제대리 마을 뒷산에 있다.

일원정으로 오르는 일곱 개의 계단. 조선 유학사에서 이름 있는 대학자 일곱 명의 제례를 모시고 있는 곳이라 계단도 일곱인가 하고 생각해 본다.

과정을 잘 지켜야 제대로 실천할 수 있다, 강호 김숙자

김숙자는 소위 고려시대 삼은三隱이라 일컫는 이색, 정몽주, 길재로 이어져 오던 학문의 길을 걷고, 그 전통을 아들 김종직에게 물려주었다. 길재의 가르침을 받은 김숙자는 효성이 지극해 『소학』의 법도를 따라서 어버이를 모셨고 남을 가르치는 일도 마음으로부터 즐겨 하였다. 심지어 그는 1431년 어머니와 아버지가 연이어 돌아가신 상중에도 여막 옆에 서재를 만들어 두고는 가르치는 일을 게을리 하지 않았다.

김숙자는 아들 김종직을 제자들과 같이 가르칠 때 학문에 순서가 있음을 항상 주지시켰다. 처음에는 주희가 쓴 『동몽수지』의 「유학자설정속편」으로 시작하여 『소학』으로 이어갔으며, 『효경』, 『대학』, 『논어』, 『맹자』, 『중용』을 배운다. 그런 다음에 『시경』, 『서경』, 『춘추』, 『주역』을 배우고 이어서 『예기』를 배운다. 그 뒤에 『통감』과 『제사』 및 『백가』로 이어진다고 하였다. 조선시대 많은 이들이 당연하게 여겼던 학문의 순서가 이렇게 만들어졌다.

김숙자는 급한 마음에 순서를 무시하거나 어느 하나 건너뛰려는 마음을 경계하라고 가르쳤다. 과정을 제대로 거치지 않으면 실천이 뒤따르지 못하는 폐단이 생기기 마련이기에 과정을 잘 지켜야만 실천을 제대로 행할 수 있다고 가르쳤다. 쏟아지는 지식의 홍수 속에서 남보다 빨리 권세와 명예를 이루려고 아귀다툼하는 요즈음을 돌아보게 한다.

1498년 무오사화와 1504년 갑자사화를 겪으면서 그가 학문한 흔적은 아쉽게도 거의 전해지지 않는다. 선산 김씨 집안의 후손인 김진식이 김숙자의 흔적을 찾아 1934년 엮은 문집 『강호실기』가 정도가 있는데, 책에는 네 편의 시를 포함하여 몇 편의 글이 전해오고 있다. 그중 「안동별실」은 청량산 맑은 자연 속에 자리한 학문의 공간을 노래한 시인데, 훗날 아들 김종직이 여기를 들러 아버지에 대한 그리움을 노래한 차운시도 함께 나란히 기록되어 있다.

티끌 하나 없으니 해는 더욱 빛나고
나쁜 기운 없으니 밤공기도 깨끗하다
멋진 오두막에서 깊은 명상 잠기는데
봄 시내 비가 내려 음악 같은 물소리 들려오네[40]

가슴속에 뭇 별들 밝게 빛나고
아버님의 엄한 가르침 지극히 맑구나
오늘 불현듯 아버님 학문 연마하던 곳에 오르니
흐르는 눈물 어찌할꼬 계곡 물소리 같구나[41]

사관으로서 아버지 역사를 기록한 『이준록』

『이준록』은 김숙자의 아들 김종직이 삼년 부친상을 치르는 중에 쓴 책이다. 책에는 부친 김숙자의 가족사와 연보, 동학과 친구 21명의 이야기, 그리고 김숙자의 인품과 저술, 관직 생활, 집안의 가례의식 등과 외할아버지의 행장 등이 담겨 있다. '이준'은 제사에서 술을 담아 조상께 바치는 그릇을 의미하는데, 이 책 역시 부친께 바치는 자식의 정성이자 효도의 표현이었다.

김종직은 1458년 4월 부친상을 마치고 나서 이 글을 썼으며, 이후 1480년에 다시 정성스럽게 교정하여 최종 완성하였으나 궤짝 속에 넣어 아무에게도 보여주지 않고 세상을 떠났다. 그가 세상을 떠나고 수년이 지난 1492년, 김종직의 사위인 강백진이 이 책을 발견하여 1497년 세상에 내놓았다. 『이준록』은 아들이 아버지의 일생과 그의 기록물을 하나의 책으로 엮은 조선시대 최초의 사례이다. 원본은 임진왜란 때 불타서 없어지고, 1709년 숙종 때 제작된 『이준록』 목판이 현재 예림서원에 보관되어 있다.

이백 리 거리를 두고 근원을 탐구하는 두 건물, 추원당과 추원재

일원정 앞 도로를 따라 서쪽으로 2km 남짓 떨어진 남상면 대산리 한산마을에도 김숙자를 기리는 사당이 있다. 이곳은 무오사화 이후 김숙자의 후손들이 정착하여 살던 마을이다. 김숙자의 고향과는 이백 리나 떨어진 일대에 김숙자를 기리는 사당과 정자가 세워져 있는 이유를 가늠할 수 있다. 사당으로 찾아가는 마을 입구에는 300년이 넘은 소나무가 서 있다. 여전히 푸른 잎사귀 너머로 짙은 솔향기를 뿜어내며 세 그루인 듯, 한 그루인 듯, 서 있는 자태가 사뭇 늠름하다. 마을을 지키는 수호목으로서의 풍모가 한껏 느껴진다.

사당은 작은 개천을 사이에 두고 마을과 조금 떨어져 완만한 산자락에

추원재

기대어 정북쪽을 바라보며 서 있다. 정면 5칸 크기의 일자형 대문간 건물 한 가운데에는 명성문明誠門이 있다. 명성문 앞에는 은행나무 두 그루가 좌우에 단정하게 서 있다. 심은 지 아직 그리 오래되어 보이지는 않지만 이곳을 찾는 손님을 맞이하기에는 충분히 우람하고 푸르다.

명성문을 안으로 밀고 사당으로 들어서면 단정한 흙 마당을 지나 추원당追遠堂이 푸른 하늘을 배경으로 서 있다. 학문의 근원을 탐구한다는 의미를 담은 추원당은 정면이 5칸이고 측면이 2칸인 강당으로, 팔작지붕 건물이다. 3단 돌 기단 위에 단정하게 자리 잡은 건물을 정면에서 바라보면 왼편에서부터 방 1칸, 대청 2칸, 그리고 방 2칸으로 구성되어 있다. 건물 전면으로는 툇마루를 두고 계자난간을 둘러놓았다. 사당은 강당 뒤편으로 계단을 따라 다소 높이 올라간 곳에 세워져 있다. 사당은 정면 3칸, 측면 2칸 규모의 맞배지붕 건물이다.

경남 밀양에 있는 김종직 생가 건물의 이름도 추원재追遠齋이다. 김숙자가 터를 잡은 곳이며, 김종직이 태어나고 생을 마감한 공간이다. 지금 서 있는 건물은 처음 세운 건물이 다 허물어진 것을 1810년 지역 학자들과 후손들이 다시 세운 것이다.

추원재의 당호는 전심당傳心堂이다. 도학의 정신을 전하였다는 의미이다. 자연석으로 쌓은 4단 높이의 기단 위에 서 있는 이 건물은 기둥과 기둥 사이의 간격이 비교적 좁은 편이다. 그래서 정면 6칸 규모이지만 그리 크게 느껴지지는 않는다. 낙동강을 사이에 두고 동서로 근 이백 리 떨어져 있는 곳에 같은 이름의 건물 두 채가 조선 성리학의 뿌리를 전하고 있다.

찾아가는 길

소재지 경상남도 거창군 남상면 밤티재로 863 (전척리 530번지)

문화재 지정 일원정 | 경상남도 문화재자료 제78호 (1983년 7월 20일)
김숙자 사당 | 경상남도 문화재자료 제126호 (1985년 1월 23일)
이준록 | 경상남도 유형문화재 제175호 (1979년 12월 29일)

일원정은 광주대구고속도로를 이용하여 찾아갈 수 있다. 광주대구고속도로 거창나들목 앞 거창IC교차로 삼거리에서 좌회전한다. 합천으로 연결되는 24번 국도를 따라간다. 황강 물길을 가로지르는 남하교 다리를 건너 강을 오른편에 끼고 강물이 흐르는 방향을 따라 5km 가량 가면 황강을 가로지르는 일원교 삼거리가 나온다. 다리를 건너 오른쪽으로 방향을 돌려 도로 모퉁이를 돌면 왼쪽 편에 일원정이 자리하고 있다.

일원정 뒤편으로 남상면 무촌리 감악산 중턱 해발 800m 언저리에는 연수사라는 사찰이 있다. 연수사 일주문 옆에는 600살이 넘은 은행나무 한 그루가 하늘을 가리고 서 있다. 높이 40여 미터에 달하는 큰 키를 자랑하며, 가을이면 무성한 황금색 잎사귀로 산자락을 물들인다. 1993년 1월 8일 경상남도 기념물 제124호 지정하여 보호하고 있다.

감사의 글

6년이라는 시간 동안 칠정七情에 젖을 때면 언제든 찾아갈 수 있는 길이 있어 감사했다. 강둑 너머, 흐르는 시간 따라 변화하는 계절에 맞춘 색으로 갈아입고 발맞추어 내려가는 물길이 있어 감사했다. 어떤 날에는 물길 흐르는 대로 따라 걷고, 어떤 날에는 물길 거슬러 오르며 걷는 길 언저리에 정자 하나 마중 나와 반겨주니 감사했다.

건물 마루 위에 올라 광활한 호수 같은 강물을 바라보고, 마당을 거닐며 배롱나무 붉은 빛깔에 취했다. 황금빛 양탄자를 깔아 준 아름드리 은행나무 아래도 거닐었다. 건물을 둘러싼 기와 담장 안으로 발길을 옮기며 있어야 할 곳, 그곳에 건물 하나 세워둔 분들께 감사했다.

정자 마루 위에 올라 사방을 조망하고 현판을 올려 볼 때면, 수백 년 시간 너머 그들이 껴안았던 화두를 이해하기에 내가 너무 부족하다고 느꼈다. 다만 그들만큼은 아니어도 나 역시 아름답게 펼쳐진 자연을 즐길 줄 알고, 물소리, 바람 내음 좋아할 줄 알기에 마루 위에 잠시나마 머물고자 정자들을 자주 찾고는 했다. 그때마다 흔쾌히 대문 열고 맞아 준 정자 주인 후손들께 감사하다. 운이 좋아 화사한 봄날 춘향제 음복을 누리게 해 준 오우정 후손들, 낙엽 가득한 가을날 추향제 음식과 제주祭酒를 나누어준 광심정 후손들에게 감사하다. 아름다운 풍경 가득한 정취를 즐기는데 가문이 다른 것이 무슨 대수이겠는가.

시리도록 푸른 가을날, 사람과 거리를 두어야 하는 불편한 일상 가운데 불쑥 찾아간 낯선 이에게 손수 만든 대추차 한 잔 내어주신 동래 정씨 후손께 감사하다. 여름날 뜨거운 햇살에도 귀찮아하지 않고 길손님 이야기에 귀 기울여 화답해준 일원정 어르신께도 감사하다. 다만 얼마 전까지도 삼우당에 기거하던 어르신이 보이지 않고 화수정 마당은 휑하니 비어 있으니 마음 한구석에는 허전함이 자리한다.

어린 시절 놀이 삼아 읽었던 책이 『천자문』이었고 마음 수련 삼아 빈 공책에 『논어』며 『대학』, 『맹자』 등을 써 보기는 하였으나 한문에는 여전히 까막눈이다. 정자 현판에 걸려 있는 정취가 무엇인지도 모르는 후배가 안타까워 흔쾌히 시간 내어 가르침 주신 창녕의 성갑식 선배께 감사하다. 매끄럽게 흘러가지 않는 원고를 꼼꼼하게 읽고 곳곳에 일일이 첨삭해주신 칠곡의 이광수 선배께도 감사하다.

1권을 출판하는 것만으로도 걸음마 작가에게 더없는 덕을 베푼 빈빈책방 박유상 대표님께 감사하다. 언제나 그랬듯이 밝은 목소리로 격려를 아끼지 않았다. 남의 글도 잘 읽기가 힘든 주제에 내 글을 쓴다고 하였으니 얼마나 당황하셨을까. 빈빈책방 편집팀에게도 고마운 마음을 전한다. 투박하고 엉성한 원고를 무수히 읽고 또 읽으며 다듬고 편집한 수고로움에 신세를 졌다. 이 책이 사람들에게 조금이나마 가까이 다가갈 수 있다면 밝고 따뜻한 마음으로 편집해준 덕분이다.

가장 크게 감사할 분들은 『남도정자기행 1』 독자들이다. 어설프게 내놓은 1권을 읽은 많은 분이 내게는 표현하기 벅찬 감사를 전해왔다. 손 글씨로 또박또박 몇 장을 써 내려간 편지를 보내주신 분들, 사무실 전화번호를 애써 찾아 생면부지의 저자에게 전화로 고마움을 전하신 분들, 꼭 만나서 이야기를 나누고 싶다는 말씀 전해주신 분들, 2권은 언제 만날 수 있냐며 용기를 주신 분들, 어느 한 분 예외 없이 벅차게 감사하다.

일 년 동안 삼십 년 친구들과 낙동강 종주를 했다. 매월 한 차례씩 10여 명의 친구들을 이끌고 부산에서 태백까지 걸었다. 1권에서 이야기한 정자 하나하나를 찾아 마루에도 누워보고, 담 밖에서도 바라보고, 마당을 채운 꽃향기에 취해 보기도 하였다. 삼십 년 동안 꽁꽁 얼려두었다가 이제야 비로소 꺼내어 녹여 놓은 듯 20대 시절의 감성들이 새록새록 하였다. 그 속에 삼십 년 동무의 속 깊은 정이 가득하였다. 일 년 동안 이어진 낙동강 종주 함께 걷기는 이 친구들과는 다가올 삼십 년도 함께 할 수 있으리라는 기대를 선물해주었다.

무더운 한 여름날 달성삼가헌(하엽정) 안주인 어르신이 내어 준 맑은 찻잔 속 향기는 지금도 진하게 전해진다. 오늘도 강 옆의 길을 따라 걸으러 신발 끈을 맬 수 있어서 감사하다.

어떤 날에는 물길 흐르는 대로 따라 걷고,

어떤 날에는 물길 거슬러 오르며 걷는 길 언저리에

정자 하나 마중 나와 반겨주니 감사했다.

미주

1 三叉平湖 嶺南樓下水 來與洛江並 中瀉國農澤 三叉眼底平

2 十里明沙 離宮臺已古 廢落守山城 十里空沙岸 望中白練明

3 鰲山夕照 鰲背三山落 獨來一髮峭 夕陽斜頂半 歷歷歸帆照

4 湖上青山山上樓 美名長與水同流 傍洲沙店排蝸殼 逐浪風船舞鷁頭 桑柘煙深千里暮 芰荷華老一江秋 落霞孤鶩猶陳語 故作新詩記勝遊

5 杖廻五老蜂前路 舟過三郞樓下灣 沙鳥馴人不驚避 掠帆飛過又飛還

6 五老遺芬此一樓 高名不廢大江流 鶺鴒播詠留清韻 棠棣聯華到白頭 矜式一方諸士友 精禋三爵幾春秋 嗟余終鮮偏生感 不是登臨作漫遊

7 松翠三州界 尋常市有名 兩津通大路 濈濈萬人行

8 洛水南涯小嶂頭 知君新築樂天遊 白鷗隨我嘲來暮 皓月迎波洗舊愁 十里烟沙迷極浦 三山雲霧落空洲 徜從古訓求心廣 川上觀瀾會者流

9 縱橫七八道頭頭 到底忘機與化遊 山水一區來爽氣 登臨半日送寒愁 主人已卜幽棲地 詞客還慚處士洲 寂莫濱宜居靜者 從知風調出凡流

10 小亭構出碧波頭 長使閒人辦勝遊 時把漁竿鎖世慮 更將詩句暢幽愁 烟橫沙岸雲橫嶺 風滿疎欞月滿舟 提却塵寰多趣味 支頤終日對江流

11 巨亭山麓洛江頭 廣老芳名水共流 追憶先生當日事 隱居行義遠塵愁

12 小小山前小小家 滿園梅菊逐年加 更教雲水粧如畵 擧世生涯我最奢

13 人而不學, 於禽獸奚擇. 富貴非人力之所可致, 當順受於天, 惟盡力於自分之所當爲而已

14 不義之富貴 於我如浮雲 石田王春在 携鋤朝暮耘

15 白石雲天面 青蘿織萬機 莫敎摸寫盡 來歲採微歸
春風三月武陵還 霽色中流水面寬 不是一遊非分事 一遊人世亦應難

16 南冥携玉溪 喚起及吾儕 芳草山容好 吟鞭馬首齊 月淵足初濯 龍潤詩更題 賞心隨處樂 輸與野禽啼

17 倚杖臨寒水 披襟立晩風 相逢數君子 爲我說濂翁

18 菊花之隱逸者也 牧丹花之富貴者也 蓮花之君子者也

19 出於淤泥而不染 濯清漣而不妖 中通外直 不蔓不枝 香遠益清 亭亭淨植 可遠觀而不可褻翫焉

20 亭前艶艶碧玻光 亭下盤陀白玉床 半醉青華孤鶴月 朗吟玄圃六鼇霜 巖花似笑仙源夢 山葉堪成曲水觴 五馬遲遲芳草路 新林高士臥西庄

21 小亭臨水築 緩步把光風 世遠文猶在 楣題仰晦翁

22 待風風不至 浮雲蔽青天 何日涼飆發 掃却郡陰更見天

23 琴書四十年 幾作山中客 一日茅棟成 居然我泉石

24 居然泉石 不踏紅塵 嘉遯生涯 意味陳陳

25 老去猶餘興 佳辰輒有行 名區三洞地 全氏百年亭 人在先天界 山含太古情 幽閒兼敞豁 微詠下空汀

26 轉入花林隧 玲瓏穿萬行 一天慳勝景 千載屬名亭 認是山中樂 超然物外情 聊將武夷句 朗詠立閒汀

27 崆峒山外生猶幸 巡遠城中死亦榮

28 廟堂平昔講經綸 此日男兒有幾人 滄海血流腥滿地 臨分相勖在成仁

29 江燕差池雨欲昏 麥黃黃犢不能分 向來客意無詮次 旋作孤鴻又作雲

30 既明且哲 以保其身 夙夜匪解 以事一人

31 山海亭中夢幾回 黃江老漢雪盈腮 半生三度朝天去 不見君王面目來

32 路草無名死 山雲恣意生 江流無限恨 不與石頭爭

33 知者樂水 仁者樂山, 知者動 仁者靜, 知者樂 仁者壽

34 半尺沙盆半尺松 風霜孤節老龍種 知渠不學干天長 驗得人間直不用

35 襟懷自是慕淵明 肯佩牛刀滯武城 白石淸川紅樹裏 依然還作一書生

36 克己復禮爲仁

37 非禮勿視 非禮勿聽 非禮勿言 非禮勿動

38 名爾時修字敬叟 時修行業敬爲佳 如何立脚終無定 頭白人間狼狽多
嗟爾時修可與幾 回頭四十五年非 長程日暮多蹊逕 鞭策須勤正六飛

39 洗硯魚呑墨 烹茶鶴避烟

40 塵埃不接日還晶 況復無邪夜氣淸 得趣小軒深發省 春溪雨過沒絃聲

41 胸中列宿十分晶 嚴訓唯知服至淸 今日偶來深省地 不堪揮淚聽溪聲

흐르는 강물 따라
걷다 듣다 느끼다

남도정자기행 2

초판 1쇄 발행 2023년 4월 5일

지은이 주재술
펴낸이 박유상
펴낸곳 빈빈책방(주)
편집 배혜진 · 정민주
디자인 기민주

등록 제2021-000186호
주소 경기도 고양시 덕양구 중앙로 439 서정프라자 401호
전화 031-8073-9773
팩스 031-8073-9774
이메일 binbinbooks@daum.net
페이스북 /binbinbooks
네이버 블로그 /binbinbooks
인스타그램 @binbinbooks

ISBN 979-11-90105-53-8 (03810)